JN124422

Asahina Nagomu

ベイル先輩
裁縫に情熱を注ぐ、
フィルの先輩。
ディーン
ドルガド王立学校高等部の
生徒。武術に長けている。
ホタル
フィルの召喚獣の
毛玉猫。転がって
移動するのが好き。
フィル・グレスハート
大学生・一ノ瀬陽翔（いちのせはると）が転生した
本編の主人公。目立たずに
ダラダラ過ごすのが夢。
イルフォード
ティリア王立学校高等部の
生徒。刺繍の腕前は国宝級。

登場人物
CHARACTER
トーマ
フィルの同級生。
マイペースで動物好き。
レイ
女性好きで少し残念な、
フィルの同級生。
ライラ
商家の娘で、レイの
幼なじみ。商魂たくましい。
アリス
フィルの幼なじみ。
賢くて機転が利く。
カイル・グラバー
クールな美形少年。闇の
妖精に好かれる蝙蝠の獣人。
フィルの仲間たち
コクヨウ
ヒスイ
コハク
テンガ
ザクロ
ルリ
ランドウ

1

昨年行われたステア・ティリア・ドルガドの三国王立学校対抗戦。

俺――フィル・グレスハートも参加したこの対抗戦では、剣術戦の危険行為事件、探索戦の崩落(ほうらく)事故や食料盗難事件など、様々なトラブルが起こった。

しかし、そのたびに各学校の生徒たちで考え、協力して問題を解決に導(みちび)いた。

結果的に三校の友好が強く結ばれたのは、大変喜ばしいことだったと思う。

だが、ここで問題が一つ。三国王立学校対抗戦は、五年に一度の開催。

生徒が代替わりをすれば、友好の絆(きずな)が薄まる可能性もある。

そこでこのたび、友好関係を持続させるため、三国王立学校の間で見学会が行われることとなった。他国の文化に触れ、互いの良きところを学び、一緒に向上しようという取り組みである。いわば交流会のようなものだ。

初めて行われる今年は、ステア王立学校が開催地となった。

ドルガドとティリアの学校長と数名の生徒を、ステア王立学校に招待する。

今回はまだ試験的な段階なので、招待する生徒は前回の対抗戦メンバーらしい。

現中等部の対抗戦メンバーだけでなく、高等部に進学したメンバーたちも招待される。

対抗戦以来会っていないから、皆と会えるのはとても楽しみだ。

でも、その前にやることがたくさんあるんだよね。

メインの見学会だけでなく、到着後の歓迎会や学校案内のおもてなし、去年新しく行事に組み込まれた仮装パーティーにも招待客は参加する。

来てくれた皆に喜んでもらうため、張り切って準備をしなくちゃ！


そんな三国王立学校見学会も差し迫った、ある日の放課後。

俺とカイルは、ステア王都の市場に来ていた。

ベイル先輩に頼まれて、仮装パーティーの衣装の材料を買いに来たのだ。

ベイル先輩はステア王立学校高等部一年の先輩で、裁縫が得意な方だ。

三国王立学校見学会は中等部の催しで、仮装パーティーのほうも中等部の生徒が担当している。

だけど、去年の仮装パーティーの衣装を全て制作した実績により、ベイル先輩は今年の仮装衣装の制作担当指揮官に選ばれていた。

本当はこの買い物もベイル先輩が来る予定だったのだけど、ベイル先輩には衣装の仕上げに集中して欲しいからなぁ。

品物はすでに注文済みだって言うし、受け取るだけなら俺たちでもできるもんね。

ベイル先輩は一人で頑張りすぎちゃうから、少しでもお手伝いしなきゃ。

俺たちはベイル先輩にもらった店の地図を片手に、布のお店、糸のお店、レースのお店など、順調に買い物を進めていった。

「やっぱり専門的な商品となると、市場のお店のほうが品揃えがいいね」

「そうですね。それに学校敷地内のお店は、学生向けの商品が多いですから」

学校内のお店では、学校や寮で必要な商品をほとんど買うことができる。

勉強道具や本、洋服や下着などの生活用品、お菓子や雑貨やおもちゃに至るまで商品は豊富だ。

その中には、今回買いに来たような手芸用品もある。

ただ、普段使いなら校内の店で事足りるけれど、ドレスやスーツなどの材料となるとやはり市場には敵(かな)わないんだよね。

それに、市場には他国の行商人が露店を出していることもあって、その時でしか手に入らない掘り出し物もある。

その時々で違うものが置いてあるから、市場を見て歩くだけでも楽しい。

「次はどこだっけ？」

「残すはリボンのお店だけです」

そうか、買い物ももう終わりか。

ちょっと残念だけど、カイルは買い物袋を両手で抱えているし、ベイル先輩も待っているもんな。

サクッとお使いを終わらせて、学校に帰ろう。

リボンの専門店は、市場の奥まった場所にあった。

ベイル先輩が渡してくれた注文書の店名と、看板に書かれている店名を確認して中に入る。

店内は本屋さんみたいに、陳列棚がいくつも並んでいた。

その棚には巻かれた状態のリボンが、隙間なく陳列されている。

サンプルのためか、巻かれたものと同じリボンで蝶結びが作られ、棚に張りつけられていた。

うわぁ、棚にたくさんの柄の蝶々がとまっているみたい。

いろんな色のリボンが店内を彩(いろど)っていて、可愛らしくてとても華やかだ。

リボンと一口に言っても、いろんな種類があるんだな。

光沢のあるもの、柄が入っているもの、刺繍(ししゅう)がほどこされているもの、可愛い系から大人っぽいシックなものまである。

こういう機会がなければ、なかなかリボン店に入ることもなかっただろうなぁ。

物珍しさから俺たちはキョロキョロとしつつ、店内の奥へと入っていく。

奥のカウンターには、五十歳くらいの店主さんらしき男性がいた。

穏やかな風貌で、リボンを測る時に使うためのものか、首に革製のメジャーをかけている。

「いらっしゃいませ。初めて見るお客様だね」

俺たちに気がついて、にっこりと優しく笑う。

「ステア王立学校の者です。スコット・ベイルという名で、注文しているリボンがあるはずなのですが……」

そう告げると、店主さんは嬉しそうに顔を綻(ほころ)ばせる。

「おや、スコット君のお使いかな？」

どうやらベイル先輩は、店主さんと親しい仲らしい。

先ほど行った布や糸のお店にもよく通っているみたいだったから、買い物に来ているうちに仲良くなったのかな。

「はい。ベイル先輩が衣装作りで忙しそうだったので、僕たちが代わりに来ました」

俺がそう言うと、店主さんは目尻にしわを作って頷(うなず)く。

「そうか。スコット君も頑張っているみたいだねぇ。なら、急いで商品を渡さないと……。今、裏の倉庫から注文品を持ってくるから、店内でも眺めながら待っていてね」

店主さんは足早に、奥の倉庫へと入っていった。

「カイル。せっかくだから店内を見せてもらおうか」

「そうですね。他にお客さんもいないみたいですし」

俺たちは店主さんのお言葉に甘え、戻ってくるまで店の中を見て回ることにした。

「置いてある棚によって、値段が決められているんですね」

カイルが棚の上についている値札を見上げて呟く。

お手頃な値段のリボンの棚は店の出入り口付近、値段が高くなるにつれ奥に陳列されているみたいだ。

「結構値段に幅があるんだね」

一番安いのが二十ダイルで、高いのは三百ダイルか……。

日本円にして二百円から、三千円くらい。

ここは市場の中にあるお店の商品だから、貴族や王族が使うリボンにはもっと高いものもあるのかな。それにしても、商品における値段の差がよくわからない。

「どのリボンも綺麗なのに、何が違うんだろう。材質とかかな？」

俺がリボンを眺めながら唸っていると、隣から声をかけられた。

「希少な糸で織られていたり、職人が刺繍していたりするものは高くなるよ」

へぇ、そうなんだぁ。なるほど。

頷きかけて、それが店主さんの声でもカイルの声でもないことに気がつく。

ハッとして隣を見ると、いつ店内に入って来たのか、イルフォード・メイソンが俺を覗き込んでいた。

「イ、イルフォードさん!?」

イルフォードは去年対抗戦で戦った、ティリア王立学校の大将である。

以前着ていたのは、対抗戦用の服や制服だったが、今日はアシンメトリーな服を着ていた。

オーダーメイドなのか、自分で作った服なのかわからないが、個性的な服なのにイルフォードにとても似合っている。

イルフォード自身が派手だから、個性的な服にも負けていないのかなぁ。

だけど、絶対イルフォードじゃないと着こなせないよね。

「フィル様、今、イルフォードさんって……」

俺の声を聞いて、奥の棚から顔を出したカイルが、イルフォードの姿をとらえて目を見開く。

驚愕（きょうがく）する俺たちをよそに、イルフォードは柔和（にゅうわ）な笑みを浮かべた。

「こんにちは」

「あ、はい。こんにちは……って、違う。どうしてここにいるんですか？」

マイペースさに流されて頭を下げた俺は、ハッとして頭を上げる。

招待客が来るまで、まだ一週間あるはずだよね？

だが、俺の質問の意味がわからないのか、イルフォードはなぜそんなことを聞くんだろうかと、不思議そうな顔で首を傾げる。

「ステアではどんなリボンが売っているか……見に来た」

いや、リボンのお店にいるんだから、理由としては正解なんだけどさ。

俺たちが聞きたいのは、そういうことじゃない。

「いえ、そうではなく、ティリアやドルガドの招待客が来るのはもう少し先だと聞いていたんです。だから、イルフォードさんがどうして、もうステアに来ているのかなって」

まさか、日にちを間違えたわけじゃないよね？

芸術の寵児と呼ばれるイルフォードだが、少し浮世離れした人だから、そういうこともありそう。

ドキドキしながら、イルフォードの答えを待つ。

「ステアの衣装作り、見たくて」

ん～と、要約すると……。

「えっと、つまり、仮装衣装を作っている様子が見たくて、早めに来たってことですか？」

優しく聞き返すと、イルフォードはコクリと頷く。

「学校は作品が提出できれば、あとは自由。だから、早めに終わらせた」

芸術系に特化したティリアの高等部は、そういった融通がきくのか。

いや、芸術の才能溢れるイルフォードだからできる技なのかもしれないけど……。

とりあえず、うっかり間違えて来てしまったのではないなら良かった。

ホッと息をついた俺は、はたと動きを止める。

……いや、ちょっと待てよ。

「ちなみに、サイードさんには早めに来ること、お知らせしてきました？」

サイード・ウルバンはイルフォードの後輩だ。この浮世離れしたイルフォードのマネージャー兼、暴走少女リン・ハワードのお目付役を担っているティリアの苦労人でもある。

しっかり者のサイードのことだから、多分一緒に行こうと思っていろいろ準備しているはずだよね。

イルフォードは小さく「あ……」と声を漏らして、ふるふると首を横に振った。

「……あとで連絡を入れておきます」

言ってきてないんだぁ。サイード可哀想に。

俺とカイルが脱力していると、ちょうど注文品を抱えた店主さんが戻って来た。

「ごめんね。待たせすぎちゃったかい？」

疲れた様子の俺たちを見て、店主さんは申し訳なさそうな顔をする。

「あ、いえ。全然待ってないです」

疲れているのは、別の理由なので……。


注文したリボンを購入した俺たちは、イルフォードを連れてステア王立学校へと戻った。

イルフォードは王都の宿屋を取ろうと考えていたみたいだったけど、彼が早くステア入りしたのは仮装パーティーの衣装見学のためだし、このままこの人を解放するのも怖い。

とりあえず学校に連れ帰って、生徒総長であるライオネル・デュラント先輩に相談したほうがいいと判断したのだ。

放っておいたら、風船みたいにふわぁっと、どこかに飛んで行っちゃいそうだもんなぁ。

せめてサイードがステアに来るまでは、目の届くところにいてもらわないと……。

「まず買ったものをベイル先輩に届けてから、デュラント先輩のところへ行こう」

ベイル先輩のいる裁縫室は、生徒会室と同じ棟の一階にある。

位置的にも近かったので、俺たちは先にそちらへ向かうことにした。

「ベイル先輩。注文品を購入して来ました」

そう言って、裁縫室の扉をノックする。

いつもならすぐに入室許可の声がかかるはずなのだが、なぜかその声が聞こえてこなかった。

裁縫室の中から話し声は聞こえるから、人はいるはずなのに。

「おかしいな」

俺が首を傾げていると、カイルが低い声で言う。

「こちらの声に気がついていないのかもしれません。中からベイル先輩の困り声が聞こえます」

「困り声？」

まぁ、ベイル先輩が困った声を出すことはよくあるのだけれど……。

何か衣装作りでトラブルでもあったのかな？

入室許可はもらえていないから、まずは俺が中の様子を窺うか。

「イルフォードさん。僕がベイル先輩と話してくるので、カイルと一緒にここで待っていてくれますか？」

イルフォードは頷き、カイルがポンと胸を叩く。

「お任せください」

二人に微笑んで、俺は一人裁縫室の扉を開けて中に入った。

裁縫室には、ベイル先輩とルーク・ジャイロ男子寮寮長の二人しかいなかった。

裁縫師さんたちはもう帰っちゃったのか。

去年の衣装作りの時、ベイル先輩が不眠不休で作業を行い無理をしていたので、今回から外部の裁縫師さんたちを雇（やと）っている。

買い物を頼まれた時にはまだ数人が一緒に作業していたが、その人たちの姿がなかった。

俺たちを待ってくれていたベイル先輩はともかく、寮長がなんで裁縫室にいるんだろう。

デュラント先輩は生徒総長として進捗を窺いに来ることはあるけど、寮長は仮装パーティーの担当じゃないのにな。

何を真剣に話しているのか、未だ二人は部屋に入ってきた俺に気づいていなかった。

「ベイル先輩は知っているんでしょう？」

「お、俺は何にも知らないよぉぉ」

寮長に詰め寄られ、ベイル先輩は八の字眉の困りきった顔をする。

「そんなこと言わずに、当日彼女が来るかどうかだけでも教えてくださいよ」

「こ、困るよ。俺は知らないんだから」

「……本当に彼女のこと知らないんですか？」

寮長にじーっと見つめられて、耐え切れなくなったベイル先輩は視線を逸らす。

「ほら、目を逸らした！　やっぱり知ってるんでしょう！」

指摘されて、ベイル先輩は目を覆った。

「違う、違う。逸らしてない！」

ベイル先輩。そんな態度を取ったら、話を途中から聞いていた俺でも、何か知ってるんじゃないかと疑うよ。

いったい何の話をしているんだろう。

声をかけるタイミングを見計らっていると、ベイル先輩たちより先に一匹のソメウサギが俺に気がついた。

【あら、フィルさん。おかえりなさい】

明るい声で言って、ぴょんぴょんとこちらに跳びはねて来る。

「ただいま、リィル」

リィルはベイル先輩の召喚獣だ。

ソメウサギは別名染色兎とも呼ばれており、植物から色を抽出し、染める能力を持っている。

衣装作りをするベイル先輩の、良きパートナーである。

【お使いお疲れ様でした。主人のスコットさんに代わり、お礼を言います。ありがとうございました】

リィルは穏やかで、とてもしっかりした性格をしている。

その言動は、時々ベイル先輩の保護者かなと思うくらいだ。

俺はくすっと笑って、リィルの頭を撫(な)でた。

「お安い御用だよ。それより、ベイル先輩たちはどうしたの？」

俺が買った荷物を裁縫室の机に置いて尋ねると、リィルはベイル先輩たちを振り返った。

【ああ、驚いたでしょう？　何だか寮長さんが知りたいことがあるみたいで、スコットさんを訪ねて来たんです。今日はもう作業が終わったから、いいんですけどね】

そう言いつつもちょっと困った様子で、リィルは頬に前足を添えてため息を吐(つ)く。

その時、ようやく俺に気づいたベイル先輩が、天の助けとばかりに笑顔で駆け寄ってきた。

「フィルくーん！　おかえりー！　お疲れ様！　買い物してきてくれてありがとうね！」

にこにこと笑い、俺の手を握って感謝を述べる。

「いえ。それより、どうしたんですか？　知っているとか知らないとか……」

俺が尋ねると、ベイル先輩の後ろからやって来た寮長が答える。

「テイラは名乗らずの姫の正体を知らないか？」

「はい？　名乗らずの姫？　何ですか、それ」

全くピンとこない俺の様子を見て、寮長は驚愕する。

「もしかして、名乗らずの姫の存在すら知らないのか？　あ、テイラは噂話にはあまり興味がないのかな」

「まぁ、そうですね。レイが教えてくれる話を聞くくらいです」

自ら好んで噂話を聞きに行くことはない。

俺に興味がありそうな噂をレイが厳選して教えてくれるから、その必要もないし。

俺の返答に、寮長は「じゃあ、仕方ないか」と言って息を吐く。

「去年の仮装パーティーで、テイラの少年王姿が話題になっていただろ」

「あぁ……はい」

頭には王冠、手には王笏、王子様衣装にマントという姿で出たら、少年王だと大騒ぎになったんだよね。

できれば忘れたい過去である。

「そんなテイラと同じくらい、話題になっていた女の子がいたんだよ。会場で見かけなかったか？お姫様の格好をしたすっごい可憐な美少女を」

「お姫様の格好の、可憐な美少女？」

アリスは俺がデザインした振袖姿だったし、ライラは妖精の格好だったよな。

お姫様のように華やかなドレスを着ている女の子は多くいたから、果たしてどの子を指しているのか……。

記憶を探る俺の答えも待たず、寮長はうっとりと遠くを見つめる。

「眩(まばゆ)いほど可愛い子がいたんだよ。男子生徒が何とか名前を聞き出そうとしたんだが、恥ずかしがって結局名前を教えてくれなくてさ。素性(すじょう)がわからない謎多き美少女、それが名乗らずの姫……」

熱に浮かされた顔で言って、寮長はほぅっと吐息を吐く。

男子生徒に名前を聞かれて、教えなかった……？

え、ちょっと待って、それって……。

いや、まさか、そんなはずないよな？

おそるおそる俺がベイル先輩のほうを見ると、先輩はゆっくりと頭を上下に動かした。

やっぱり俺かぁっ!!

王様の格好をする前、お姫様の格好をしていたんだよね。

俺だとわからない格好をすれば目立たなくて行動しやすいかと思ったんだけど、F・T(フィル・テイラ)ファンクラブ会長のメルティー・クロスにライバル宣言されるわ、男子生徒たちに囲まれて名前を聞かれるわで、本当に大変だったんだよなぁ。

その時、寮長は男子生徒たちとの間に入って助けてくれたんだけど、知りたいの我慢してたのか。

仮装パーティーの後、しばらく正体不明の女の子として噂になっているのは知っていたが、まさかそんな妙なあだ名がついているとは……。

レイがそのことを話題に出さなかったのは、正体が俺だって知っていたからだな。

「仮装パーティーに参加していたってことは、間違いなく中等部関係者なはずなのに、何で見つからないんだろう」

しょんぼりとする寮長を前に、俺は何と言っていいか困る。

あれから一年。すっかり忘れられているだろうと思っていたのに、未だに探している人がいるとは思わなかった。

女の子を探していちゃ、見つからないだろうなぁ。だって、俺だもん。

「こっそり知り合いを参加させていた可能性もありますから、見つかるかわかりませんよ」

男だとわかったら可哀想だ。

可愛い女の子だと夢を見ているのに、女装した俺だって知ったら絶対トラウマになっちゃう。

「探しても見つからないなら、諦めたほうがいいんじゃ……」

親切心からそう言ったのだが、寮長は大きく首を横に振る。

「いいや！　俺は卒業したら、来年の仮装パーティーに参加できないんだ。だから、今年にかける！　ベイル先輩、何か知っていたら教えてください！」

ぺっこり頭を下げる寮長に、ベイル先輩は慌てる。

「あ、頭を上げてよぉ。俺は知らないんだよ。こちらで用意した衣装の場合なら、衣装合わせで顔を合わせることもあるけど、自前の子もいたし……。ま、まして、その子が来るかなんて……」

ベイル先輩はもごもごと説明しながら、チラチラとこちらを見る。

お願いだから、俺を見ないでください。

寮長が不思議そうな顔で、俺とベイル先輩を交互に見ているからっ！

なるべく顔に出さないよう表情を消していると、後方から柔らかな声が聞こえた。

「ルーク。ベイル先輩は知らないって言っているだろう。ベイル先輩は衣装の準備で忙しいんだ。困らせたらダメだよ」

その声に振り返ると、デュラント先輩がカイルとイルフォードを引き連れて裁縫室に入って来るところだった。

「え……」

イルフォードの登場にしばしポカンとしていたベイル先輩は、我に返って慌てふためき出す。

「え、えぇっ!! イルフォード・メイソン!? ど、どうしてイルフォード君が？ まだステア入りするまで、日数があるはずだよね？ あれ？ まさか俺の記憶違いだった？ どうしよう、衣装の仕上げが残ってるのにぃっ！」

そう言いながら、顔を赤くしたり、青くしたりしている。

そんなベイル先輩に、デュラント先輩は苦笑する。

「落ち着いてください。ベイル先輩の記憶違いじゃありませんよ。招待客が来るのは、まだ先です」

「じゃあ、どういう理由でここに……？」

寮長は聞きながら、デュラント先輩の後ろに立つイルフォードに視線を向ける。

イルフォードは物珍しそうに、裁縫室の内装や部屋に飾られている衣装を眺めていた。

当事者だというのに、まるで他人事のようにのんびりしている。

デュラント先輩はそんなイルフォードをチラッと振り返る。

「実は、私も裁縫室の扉の前で彼に会ったばかりで、詳しくは知らないんだ。カイル君の話では、フィル君と一緒に店で買い物をしていたら、偶然彼と遭遇したらしいんだけど……」

「フィル君たちと……偶然に？」

驚くベイル先輩たちに、カイルは悲しそうな目で頷く。

「はい。偶然に。フィル様は人とか事件とか、いろいろ引き寄せるんです」

確かに、我ながら本当にいろいろ引き寄せる性質だなぁと思うけどさ。

でも、今回は事件とかじゃないんだから、大目に見て欲しい。

俺は一つ咳払いをして、事情を話し始めた。

「イルフォードさんに話を聞いてみたところ、ティリアの高等部では作品を提出したら自由らしく、一人で早めに来てしまったみたいなんです。街で宿を取るとおっしゃっていたんですが、ティリアの方たちが来るまでは、ステア王立学校に滞在させたほうがいいんじゃないかと思って連れて来ました」

「ベイル先輩に商品を渡したら、デュラント先輩のところへ伺うところでした」

俺とカイルの説明に、寮長は妙に納得した顔で呟く。

「一人じゃ、放っておくのは心配だよなぁ」

ベイル先輩は何度も頭を上下に動かして、強く同意する。

「正解だったよ。イルフォード君の才能は、ティリアの宝なんだから。何かあったら大変だ」

イルフォードは絵画や彫刻など芸術的才能に優(すぐ)れていて、天才だと言われている。

まぁ、こう見えて剣術の才能もあるから、トラブルが起きたらそれなりに対処してしまうのかもしれないけどね。それでも、やっぱり放ってはおけない。

「そうだね。連れて来てくれて良かった。私から寮に滞在できないか、学校長に話してみよう。招待客の部屋はすでに整えてあるから、反対されることはないと思うよ」

デュラント先輩がそう言ってくれるなら、きっと大丈夫だろう。

俺はホッと息を吐いて、イルフォードに向かって笑った。

「イルフォードさん、良かったですね」

イルフォードは俺とカイルに向かって、ふわりと微笑む。

「いろいろと助けてくれて、ありがとう」

「い、いえ。大したことないです」

俺とカイルは恐縮して首を横に振る。

「しかし、どうして早めに来ることにしたのかな？」

デュラント先輩の質問にイルフォードが答える前に、俺が口を開く。

「イルフォードさんはベイル先輩が仮装衣装を作っているところが見たくて、予定を早めて来たそうですよ」

「え！　俺の衣装作りを見るためにわざわざ⁉」

驚愕するベイル先輩に、イルフォードは頷いた。

「先生から衣装担当が君だと聞いた。ティリアの店に、君の作ったドレスがあって気になってた」

「俺が作ったドレス……って、え⁉　もしかして、実家のオーダーメイド用の見本ドレスのこと？あれを見て興味を持ってくれたの？」

ベイル先輩の実家は、ティリアで大きな洋裁店を営んでいる。

話の内容から察するに、イルフォードはそのお店でベイル先輩が作った衣装を見て興味を持ったらしい。

「素晴らしい技量と、センスの持ち主だと思った。パーティーだと細部まで見られないし、できれば作る工程も見たいから……」

淡々と述べられるイルフォードの賛辞に、ベイル先輩の顔は湯気が出そうなほど真っ赤になった。

「そ、それで急いで来てくれるなんて……。俺なんか全然……。イルフォード君のほうがよっぽどすごいのに……」

謙遜しつつも、ベイル先輩はとても嬉しそうだ。

ティリアの天才と称されるイルフォードに褒められたんだから、そりゃあ嬉しいよね。

俺は照れまくっているベイル先輩に、そっとお願いしてみる。

「ベイル先輩。少しだけでも、イルフォードさんに作業の様子を見せてあげられないでしょうか？」

作業場は自分のテリトリーと考える人もいる。

特に今は最終段階だから、見学は嫌がられるかもしれない。

不安に思いながら尋ねた俺に対し、ベイル先輩は至極あっさりと承諾してくれた。

「もちろん、いいよ。作業を見られるのは恥ずかしいけどね。イルフォード君の意見を聞いてみたい。……その代わりとして、イルフォード君の衣装も見せてもらえないかな？　君が作ったんだよね？　ティリア生は衣装を自分で制作するって聞いているんだけど……」

ドキドキと答えを待つベイル先輩に、イルフォードはコクリと頷いた。

招待客の衣装はサイズや好みなどもあるので、個々で用意してもらうことになっている。

「衣装の荷物は、後から届く予定。届いたら見せる」

「うわぁ！　ありがとう!!」

ベイル先輩は諸手を挙げて大喜びする。

すると、イルフォードが突然俺の顔を覗き込んできた。

「仮装パーティー……君は何の衣装を着るの？」

「こ、今年ですか？　えっと、今年はなるべく簡素な衣装をお願いしています」

「簡素な衣装？」

キョトンとするイルフォードに、ベイル先輩が「そうなんだよぉ」と答えつつ、奥から子供用のトルソーを持ってきた。

それには長袖の白いチュニックが着せられ、その上から大きな一枚布がゆるく巻きつけられてあった。古代ローマ人の衣装と似たような形だ。

グラント大陸にいた古代の人が、着ていた衣装だった。

「フィル君が『古代人が着ていた簡素な服がいい』って言うから作ったんだけどさ。作りが簡単すぎて、あっという間に完成しちゃったんだよぉ。フィル君を引き立てる素敵な衣装を作りたかったのに……つまらない」

ベイル先輩はそう言って、がっくりと頭を下げる。

そんなにガッカリされると思わなかった。

簡素な衣装なら作るほうも楽だし、目立ちたくない俺と利害が一致すると思っていたのに。

「簡素だけど、服のひだが美しく出るよう計算されている。歩いたら、肩から垂れる布が風をはらんで綺麗だろうな」

衣装を眺めて感心するイルフォードに、ベイル先輩は満面の笑みを浮かべる。

「わかる？　なるべく動きを出しつつ、形が崩れないようにしたんだ。簡素すぎるから、それしかやりようがなくて……」

大きなため息を吐くベイル先輩に、俺はポリポリと頭を掻(か)きながら言った。

「ちょっと地味かもしれないですけど、古代人ってなんかいいじゃないですか。その格好を選ぶ人もなかなかいないですし、他の人の衣装より作りやすかったでしょう？」

これを着たら、きっと目立たずにパーティーを楽しめる。

そんな正直な気持ちは、決して言えないけれど……。

すると、ベイル先輩は悔しそうに拳(こぶし)を震わせる。

「俺は苦労をしてでも、フィル君の衣装には力を入れたかった。平凡な俺と違って、フィル君は派手な衣装にも負けない素材を持っているんだよ。もったいないよ！」

それを聞いて、寮長は大いに同意する。

「あぁ、わかります。テイラの顔は整っていますもんね。女の子の格好をさせても、多分可愛くなりそ――」

寮長が言い終わらぬうちに、カイルが盛大にむせた。

「ど、どうしたグラバー、大丈夫か？」

心配する寮長に、カイルがなおも咳(せ)き込みながら首を横に振る。

「だ、大丈夫じゃないです……」

……ごめんよ、カイル。心労をかけるばかりで。

そんな俺たちの心情を察したのか、デュラント先輩はそれとなく話題を戻した。

「ベイル先輩のお気持ちもわかりますが、こうして衣装は出来上がっていますし、これを着ないほうがもったいないと思いますよ」

優しく諭すと、ベイル先輩は肩を落とす。

「新しく作る余裕がないのは、自分だってわかっているんだけど……。はぁ、フィル君自身の内なる光を、衣装で表現したかったなぁ」

心底残念そうに、大きなため息を吐く。

内なる光を表現されたら困るんです。今年こそは目立ちたくないので……。

すると、衣装をじっと見つめていたイルフォードが、ベイル先輩を振り返る。

「金糸で刺繍をしたらどうかな？　衣装はそのまま活かして、刺繍で模様を入れるんだ。金糸なら白地に映えるし、生地の光沢を邪魔しない。むしろ、仮装パーティーは夕方から始まるから、金糸が灯りに反射して綺麗だと思う」

突然のイルフォードの提案に、俺たちはポカンとする。

……イルフォードが、しっかりした口調でいっぱい喋った。

しばし呆然としていたベイル先輩だったが、我に返ると突然パンッと手を打つ。

「なるほど！　それはいいね!!　フィル君の品の良さや知性の高さも表現できるし、動きを意識した衣装の良さが活きてくる」

「刺繍は古い時代に使われた模様を、入れたほうがいいと思う」

「うんうん。どうせなら全体的に入れたほうが、映えるかなぁ」

何の話をしているの、二人とも。

どんどんと進む衣装改造計画に、俺は慌てる。

「ちょっと待ってください。他の衣装の追い込みもあるのに、時間のかかる刺繍なんて……」

すると、イルフォードが俺に向かってふんわりと微笑んだ。

「大丈夫。刺繍は、得意。ここに連れて来てくれた、お礼」

「イルフォード君が刺繍してくれるんだって！　良かったね、フィル君！　イルフォード君の刺繍はティリアの国宝レベルだ。とても貴重だよ！」

笑顔のベイル先輩に、俺は言葉を失う。

ティリアの国宝レベル……。

それは……貴重なのかもしれない。貴重なのかもしれないけどぉ。

作ってもらっている身で贅沢は言えないが、シンプルなままでいいのにぃ。

そうしている間にも、二人は衣装改造の話を進めていく。

「……二人を止めるのは難しそうだね」

デュラント先輩の呟きに、俺とカイルはがっくりと肩を落とした。

2

「寮に帰る前に、カフェでお茶してこうぜ！」

一日の授業が終わり、レイがうきうきとこちらを振り返る。

「ごめん。僕とカイルで少し寄るところがあるんだ。先に帰ってて」

俺がそう言うと、レイはちょっとつまらなそうな顔をした。

「寄るところぉ？　案内係の仕事か？」

「ん～、どんな内容かは聞かされてないけど、多分そうかなぁ。ゲッテンバー先生に呼ばれてるんだ。僕とカイル指名だから、屋台の料理に関する件じゃないかと思うんだけど……」

スティーブ・ゲッテンバー先生は中等部の調理担当教諭だ。

今回、他国の招待客に学校案内をした後、屋台で料理を振る舞うことになっている。

使用する屋台は、商学の授業で使用している小さめの屋台。

スペースの関係上、できる作業が限られるため、図書館に近い中等部の調理室で下準備をして、屋台へ運ぶことになっていた。

手伝ってくれる料理人はカフェの人たちだから、本当はカフェの厨房（ちゅうぼう）のほうが使い慣れているんだけどね。

距離が近い調理室のほうが、追加の料理が必要な時に対応しやすいと思ったのだ。

ゲッテンバー先生は調理室の責任者で、当日も協力してくれることになっている。

多分今回の呼び出しも、その最終確認か何かだろう。

「あと何日かで本番だものね」

「案内係は大変よねぇ」

アリスとライラが、気の毒そうに俺とカイルを見る。

「アリスとライラも歓迎会の係じゃない。歓迎会係も準備が大変でしょ」

招待客が到着後、寮の裏庭で歓迎会が行われる。

歓迎会の担当係は各学年六名ずつ選ばれ、二人はその中に入っていた。

「大変だからそう思うのよ。私たちは歓迎会の中の一担当だけど、とても準備に時間がかかったもの。フィル君もカイル君もすごいなぁって、つくづく思ったわ」

息を吐くライラに、アリスはコクコクと頷く。

「フィルたち案内係が受け持つ屋台会場は、私たちの何倍も規模が大きいし、準備期間も長かったものね。学校のこともやりながらだと、大変だったでしょう？」

まぁ、正直、大変じゃないと言ったら嘘になる。

案内役のみだったらそうでもなかったんだろうけど、図書館前の広場でおもてなしすることになっちゃったもんなぁ。

学校の授業やレポート提出に加え、屋台や会場の準備、材料の手配、手伝ってくれる料理人たちへの屋台メニューレッスンなどなど、いろいろやることが多い。

しかし、発案者は他でもない自分なので、文句も愚痴も言えなかった。

「まぁ、それでも総括のデュラント先輩に比べたら、僕たちのやっていることなんて全然大したことないよ」

「フィル様ももちろんすごいですが、デュラント先輩の優秀さも超人ですもんね」

カイルの言葉に、レイが激しく頷く。

「超人って表現わかる。涼しい顔で何人分もの仕事してるもんな」

その超人レベルのすごさに忘れがちになるが、デュラント先輩は本来体の弱い方だ。

風邪などに予防効果のあるグレスハート産のマクリナ茶を差し上げてから、以前より体調を崩しにくくなったみたいだけれど、体が強くなったわけではない。

勉学に生徒会の仕事にと、あれだけハードに動いている姿を見ると心配になってくる。

俺たちが役を引き受けたことで、少しはデュラント先輩の負担が減らせたならいいんだけど。

「皆がこれだけ頑張っているんだもん。招待客の人も喜んでくれるといいね」

「絶対喜ぶに決まってるさ」

ニッコリ笑うトーマに胸を張ったレイだったが、ふと何かを思い出した顔で言う。

「あ、招待客といえば、イルフォードさんは今日何しているんだろう」

イルフォードがステアに来て、もう数日が経つ。

ステアの学生たちが授業を受けている間、彼はどう過ごすのかと不安だったけど、周りの心配などどこ吹く風といった感じで、本人はマイペースに過ごしているみたいだった。

裁縫室でベイル先輩の手伝いをしたり、学校内を散策したり、カフェでお茶を飲んだり、他校のフィールドでも全く気にした様子がない。

派手な容姿をしているから、何をするにもどこに行くにもうちの生徒の注目を浴びまくりではあるけどなぁ。

そのスルースキルがとても羨ましい。

「もうあと数日しかないんだから、やっぱり衣装のお手伝いをしに裁縫室じゃない？」

ライラの推測に、アリスは心配そうな顔で言う。

「フィルの衣装に刺繍を入れてくださっているのよね。とても楽しみにしているんだけど、当日までに間に合うのかしら」

「それが、間に合うどころか、昨日すでに終わったみたいだ。衣装の手伝いも、フィル様の刺繍も……」

どんよりと曇を背負ったカイルは、深いため息を吐いた。

「え、もう終わったの？　僕ギリギリまで時間がかかると思っていたよ」

驚いたトーマが、目をぱちくりとさせる。

「僕もカイルもそう思っていたんだけどね……」

さすがティリアの天才。イルフォードの専門は絵画や彫刻のはずなのに、裁縫速度も技術もすごかった。

俺の衣装は、当日に驚かせたいからって見せてはもらえなかったんだけど、他の衣装の手直し作業を見て驚いた。

ミシンかってくらい、正確に、美しく、高速で仕上げていくのだ。

刺繍が得意だって言っても時間がないだろう……という俺たちの淡い期待は、脆(もろ)くも崩れ去ってしまったのである。

「僕の衣装……いったいどうなっちゃってるんだろ。不安だ」

天を仰(あお)ぐ俺の肩に、レイはポンと手を置く。

「フィル、どんな衣装でも頑張れよ」

「その慰(なぐさ)めの言葉は本心？　口元の笑みが、隠しきれていないんだけど」

俺が指摘すると、レイはしまったと手で口元を覆い隠し、慌てて言い訳を始める。

「悪かったよ。からかうつもりじゃないんだって。イルフォードさんの刺繍入りってきっとすごいだろ？　その衣装を着たフィルと、それを見た皆の反応を想像したら、何か面白くなってきちゃってさ」

「他人事だと思って……」

面白いとは何事だ。

ちょっと口を尖らせると、レイは俺の肩に腕を回す。

「おわびに俺もゲッテンバー先生の呼び出しに付き合ってやるって」

それを聞いて、アリスが小さく手を挙げる。

「それなら、私も一緒に行くわ。手伝えることがあったら言ってね」

「何でも言って。僕じゃお手伝いできること、少ないかもしれないけど」

トーマがポンと胸を叩き、ライラはにこっと笑った。

「レイがフィル君の邪魔をしないかを、見張っておいてあげるわ」

皆の申し出に、俺はくすくすと笑う。

「どうもありがとう」


皆を連れて調理室へ向かった俺は、扉を軽く叩く。

「ゲッテンバー先生いらっしゃいますか？　フィル・テイラです」

すると、大きく扉が開き、ゲッテンバー先生が満面の笑みで出迎えてくれた。

「フィル君、カイル君。いらっしゃ～い！　待ってたわ！　あら、アリスちゃんたちも一緒なのね。

うふふ、どうぞ中に入って」

中へと招くゲッテンバー先生は、半袖のTシャツを着ていた。

普段はエプロンを身につけているが、今日は着ていないようだ。

ピッタリタイプのTシャツのみだからこそ、盛り上がった筋肉美がいつもより強調されて見えた。

秋も終わりというこの季節に、寒くないんだろうか。

そう思いつつ中に入ると、意外な人物が調理室にいて目を瞬(またた)かせる。

「イルフォードさん？」

イルフォードは調理室の椅子に座って、フルーツケーキを食べていた。

俺たちの存在に気がつくと、こちらに向かってヒラヒラと手を振る。

「今日呼ばれたのは、イルフォードさんと関係があるんですか？」

カイルがゲッテンバー先生に尋ねると、先生は笑って否定する。

「違うわ。それとは別件。イルフォード君がここにいるのはね。私が図書館の広場と調理室を行き来していた時に、通りかかった彼が私のエプロンのほつれを直してくれたのよ。そのお礼に、おやつをごちそうしていたってわけ」

「そうだったんですか」

俺がイルフォードを見ると、彼はコクリと頷く。

ゲッテンバー先生は「うふふ」と笑って、机に置かれたピンクのフリルエプロンを広げた。

「見て！　直すついでに、フリルを増やしてもらっちゃった！　可愛いでしょ」

もともとのエプロンは淡いピンク一色だったが、新しく重ねられたフリルの生地はピンクの濃さが変えられていて、グラデーションになっていた。

「どう？　素敵じゃない？」

ゲッテンバー先生はエプロンを身につけて、クルリと一回転してみせる。

「うわぁ、可愛い!!」

「素敵です！　お花みたい！」

可愛いもの好きのライラとアリスが、そのエプロンに食いつきを見せる。

確かに一色だった時より、格段に可愛くなっている。

「でしょぉ！　あっという間に直しちゃうんだからすごいわよねぇ」

ゲッテンバー先生はエプロンの裾を持って、嬉しそうにキャッキャとはしゃぐ。

「あ、あの～、エプロンが素晴らしいのはわかりましたが、フィルたちを呼んだ用事っていうのは？」

レイに聞かれて、ゲッテンバー先生も本来の用件を思い出したようだ。

ハッとしてエプロンの裾から手を離すと、こちらに向き直った。

「そうそう。ちょっと困ったことが起きちゃったのよ」

「困ったことっていうのは？」

首を傾げた俺に、ゲッテンバー先生は頬に手を当ててため息を吐く。

「急に調理室のかまどの調子が悪くなっちゃったの」

「急に？　いつからですか？」

数日前に調理の授業で使ったけど、その時は何の問題もなかったよな。

「一昨日から、全てのかまどがね。薪を継ぎ足してないのに急に火力が強くなったり、灰をかぶせてもないのに消えかかったりするのよ。かまど職人に見せたんだけど、特に異常もないって言うから不思議で……。直らないままなら、屋台の下準備をする場所を変更したほうがいいと思うの」

ゲッテンバー先生の説明に、俺とカイルが頷く。

「そうですね。原因がわからないまま使うのは危ないですよね」

「ですが、今からカフェの厨房を使わせてもらうことはできるでしょうか」

招待客を案内している時も、カフェは営業しているもんなぁ。

一度話に上がったこととはいえ、急に言って対処してもらえるかどうか……。

「ともかく、一度かまどを見せてもらえますか？」

「ええ。火をつけないなら、大丈夫よ。あ、イルフォード君はそのままケーキを食べていていいからね」

頷くイルフォードを教室に残し、俺たちとゲッテンバー先生はかまどのある部屋へと移動する。

すると、何か言い争う声が聞こえてきた。

くぐもって聞こえるので内容まではっきりとはわからないが、いくつかの高く可愛らしい声が言い合いをしている。

クリアに聞こえてこないってことは、どこか隠れた場所にいるのかな？

そんな推測をしていると、カイルの肩にいた闇の妖精のキミーが言った。

【ねぇ、カイル。なんだか火の妖精たちが騒がしいわ】

植物の多いところには緑の妖精、川のあるところには水の妖精などといったように、火の気のある場所には火の妖精が多い。

ここにはかまどがあるからそんな予測はしていたが、声の主はやっぱり火の妖精らしい。

「どこにいるかわかるか？」

カイルが声を潜めて尋ねると、キミーは部屋の中に並んでいる十基のかまどを見回す。

【ん～。多分、あのかまどかなぁ？】

キミーが指さしたのは、一番左端のかまどだった。調理の授業でよく使っているかまどである。

じゃあ、あのかまどから見ていくか。

近づいていくと、声がだんだんと大きくなっていく。
一、二匹の声じゃないな。もう少し多い？
この調理室で使われているかまどは、いろいろな料理に対応できるように、煮炊きができる釜とピザ窯が横並びにくっついた形になっていた。

この大きさのかまどだと、だいだい一基につき二、三匹の火の妖精が棲みついている。

それにしても、火の妖精たちが集まっているなんて珍しい。

重なり合う火の妖精たちの声に、俺は首を傾げる。

火の気があるところは限られているので、火の妖精は棲み処を大事にしている。

留守にすると他の火の妖精たちが棲みついてしまうことがあるから、棲み処を捨てる時以外はほとんどそこから離れることもない。

俺は膝をついて、薪をくべる場所を覗き込んだ。

火の気が好きだから、たいていはこういうところに隠れてるんだよね。

煮炊きで使うほうには……いないか。なら、こっちのピザ窯のほうだな。

「開けますね」

横にいたカイルが、窯の扉を開けた。

その瞬間、叫び声と共に小さい何かがこっちに向かって飛び出してくる。

【ひょぁぁぁっ!!】

「うわっ！」

扉の真正面にいた俺は、反射的に頭を下げてそれを避けた。

避けてしまってから、ハッと我に返る。

え？　今、飛んで来たのって……。

顔を上げると、窯の中には四匹の火の妖精たちがいて、ポカンとした顔でこちらを見ている。

【外に行っちゃったよ】

【行っちゃったねぇ】

行っちゃった……って、もしかして火の妖精が⁉

思いっきり避けちゃったぞ。どこにいった？

俺がキョロキョロあたりを見回していると、後ろにいたゲッテンバー先生が心配そうに声をかけてきた。

「どうしたの、フィル君。どうかした？」

「あ、いえ。別に、何でもな――ブフッ！」

どうごまかそうかと振り返った俺は、ゲッテンバー先生を見て盛大にむせた。

先生のエプロンにあるハート形の胸ポケットに足がひっかかり、火の妖精が逆さまの状態でぶら下がっていたのだ。

よりにもよって、何であんなところにっ！

咳き込んでいると、ゲッテンバー先生が心配して俺の背中をさする。

「あらまぁ、大変。開けた時に、灰でも吸い込んじゃった？　ごめんなさいね。窯の灰掃除が甘かったのかしら」

「だ、大丈夫です」

それよりも、ゲッテンバー先生が動くたびに揺られて、ジタバタもがいている火の妖精のほうが気になる。

「お水飲んだほうがいいかしらね」

そう言って先生が立ち上がると、その拍子に火の妖精の足の引っかかりが外れた。

そのまま勢いで飛ばされて来たところを、俺は両手で受け止める。

「ちょっと待っていてね。今、持って来てあげるわ」

にっこり微笑むゲッテンバー先生の優しさに、俺は頭を下げる。

「す、すみません。ありがとうございます」

カイルは去っていくゲッテンバー先生や、まだ調理室でお菓子を堪能(たんのう)しているイルフォードを窺いつつ、俺にそっと話しかけてくる。

「フィル様。火の妖精の様子はどうですか？」

俺は手のひらの中の火の妖精を改めて見下ろした。

調理室をよく利用するので、全てのかまどの火の妖精たちと仲が良いのだが、初めて見る子だ。

飛ばされた衝撃を覚ますためか頭を振っていたが、痛がったり弱ったりしている様子はなかった。

それを見て、俺は安堵の息を吐く。

「うん。大丈夫そう」

「見えないけど、手の中に火の妖精がいるのか？」

俺の手元を覗きながら、レイが尋ねる。

「うん。窯の中で言い合いしていたみたいだったから、扉を開けたんだけど。開けたら、中から飛び出してきたんだ」

俺が状況を説明すると、その隣でトーマとライラが目を見開く。

「言い合い？」

「喧嘩ってこと？」

「じゃあ、もしかしてかまどの異変って、火の妖精たちが原因なのかしら？」

首を傾げるアリスに、俺は唸りながら火の妖精を見下ろす。

「この子たちがそうかはわからないけど、関わってるのは間違いないだろうね」

精霊のヒスイほど強大な力ではないが、火の妖精は火を操ることができる。

かまどに棲みついている火の妖精と仲良くなると、料理に合わせて火力調節をやってくれたりするんだよね。

かまどは火力調整が難しいから、火の妖精の存在はとても大きい。

【あなたたち喧嘩でもしてたの？】

キミーがカイルの肩から降りてきて、俺の手のひらにいる火の妖精に向かって言う。

しかし、尋ねられた火の妖精は、口をつぐみ拗ねた顔で俯く。

困ったな。できれば先生が戻って来る前に、事情を聞きたいところだけど……。

するとそこへ、二匹の火の妖精がやって来た。

【心配したよぉっ！】

【した！】

そう言って、手のひらにいた火の妖精を両側からぎゅうっと抱きしめる。

この子たちも初めて見る顔だな。

「初めて会うよね。君たちは事情を話せるかな？」

優しく尋ねると、かまどに残っていた火の妖精たちが窯の入り口までやって来て言った。

【事情話せるよ！】

【話せるね！】

誇らしげに言って、胸をポンと叩く。

この子たちは見たことがある。このかまどを使う時、よく調理を手伝ってくれる子たちだ。

言葉を繰り返して話すので、山彦（やまびこ）と木霊（こだま）からとって、心の中で密かに『ひこ』と『こだま』と呼んでいる。

「じゃあ、教えてくれる？」

【いいよ！】

【いいね！】

こだまたちの話をまとめると、手のひらに乗っている三匹の火の妖精たちは、このたび新しく生まれた子たちらしい。

かまどを頻繁に使用して火の気が高まると、新しい火の妖精が生まれる。

しかし、かまどにいられる火の妖精は数が限られているので、もともと棲みついていた火の妖精と力比べをして、負けた者は他へ移るらしい。

【闇の妖精は暗闇や影があればどこでも大丈夫だけど、火の妖精って大変なのね】

話を聞いて、キミーは気の毒そうな顔をする。

「それで、力比べをしていたわけか」

カイルが言うと、こだまたちはこっくりと頷いた。

【ここのかまどが最後だね】

【最後だよ】

しょぼくれた状態から見ると、新しい子たちのほうは全てのかまどの火の妖精と力比べをして負けてしまったようだ。

【生まれたばかりの妖精って、力が上手く使えない子が多いものね】

キミーの言葉に、手のひらにいた火の妖精たちが言う。

【火が強すぎるって】

【中くらいしかできない】

【弱い火しか……】

なるほど。得意な火力が偏(かたよ)っているのか。

かまどの火が強くなったり弱くなったりした理由がわかった。

それに力比べに負けてしまった理由も。

入れ替わるなら、どんな火でも操れないとダメだもんなぁ。

「じゃあ、つまり君たちは棲み処を探しているの？」

コクリと頷く妖精たちに、俺は笑顔になった。

「今、火の妖精が棲んでいないかまどがあるんだよ。皆でそこに来ない？」

寮の裏手に、学校から借りている小屋がある。

その小屋にかまどと暖炉（だんろ）があるのだが、未だ火の妖精が棲みついていないのだ。

料理をする時、火力調整に困っていたんだよね。

ここでは棲める数が限られているから、どの火力も扱えないとダメだろうけど、小屋のかまどなら皆で来てもらって、得意の火力の時に交代してもらえばいい。

俺がそう説明すると、しょぼくれていた妖精たちは途端に笑顔に変わった。

【いっしょに行く】

小さな声だったが、期待に満ちた顔に俺は微笑む。

「うん！　小屋に行こう」

「……小屋って？」

突如として聞こえてきたイルフォードの声に、俺たちはビクゥッと体を震わせた。

振り返ればイルフォードは部屋の入口に立って、小首を傾げてこっちを見ている。

「……すみません。気づくのが遅れました」

イルフォードの登場に、カイルは少し落ち込んでいた。

俺はそんなカイルの肩を、ポンと軽く叩く。

カイルが気づくのが遅れたのも仕方ない。

カイルは耳がいいし気配察知に優れているから、俺よりも先に気がつくことが多い。

ただ、俺もリボン店で遭遇した時に感じたことだけど、イルフォードは派手な外見に反して気配がわかりにくいんだよね。

動きがゆったりと優雅だから、動作の際に立てる音が少ないのかもしれない。

「何度か入口を確認してはいたので、来たのは会話の最後のほうだとは思うんですが……」

カイルの囁(ささや)きに、俺は小さく唸る。

う～む。いったいどこから会話を聞いていたんだろう。

目の前にやって来たイルフォードに向かって、俺はおそるおそる尋ねる。

「あの……いつからあそこに？」

もしかして妖精たちと会話しているのを、聞いていたのだろうか……。

「君が小屋に行こうって言ったあたり」

ドキドキと答えを待っていた俺たちは、イルフォードの答えにホッと息を吐いた。

じゃあ、妖精たちと話していたのは知らないのか。

「それで……小屋って？」

「あ、えっと、寮の裏手に学校から借りている小屋があるんです。ゲッテンバー先生が戻られたら、皆でそこに行こうかと……」

俺は迷いつつも、正直に話す。

マクベアー先輩から譲り受けた小屋だから、ごまかして話しても何かのきっかけで知られる可能性があるしな。

「行ってみたい。ついて行ってもいい？」

……そうだよね。話題に出たら、気になるよね。

いや、普段だったら全然いいんだ。

でも、これから火の妖精のお引っ越しを考えているからなぁ。

このまま一緒に連れて行ってもいいものか。

一度案内して、火の妖精は後から迎えに来る？

いや、ダメだ。ゲッテンバー先生がいる時じゃないと、調理室が閉まってしまう。

それとも小屋を掃除するからって、イルフォードには日を改めてもらったほうがいいかな。

カイルたちと目配せしつつ悩んでいると、ふとイルフォードが俺の手元に視線を落とした。

「ところで、火の妖精たちとのお話は、終わったの？」

「「えっ⁉」」

その件は乗り切ったと思っていた俺たちは、思わず聞き返した。

ど、どういうこと？

俺たちの会話を聞いていなかったはずじゃなかったの？

というか、俺の手を見ていたよね。まさか、手の上に乗っている妖精たちが見えてる？

昔に比べると稀だというが、俺やカイルのように妖精を見ることのできる人間もいるらしいし、もしかしたらイルフォードも……？

イルフォードの表情からその質問の意図を読み取ろうとしたが、無表情すぎて全然わからなかった。

すると、ストレートに聞いちゃおうと思ったのか、レイがイルフォードの顔を窺いながら尋ねた。

「あの……イルフォードさんって妖精とか見える人なんですか？」

てっきり『見える』と肯定されるかと思ったが、イルフォードは首を横に振った。

「見えない。けど、彫刻を彫る時、自然の力を感じることがある。ここは火の気が強いから、妖精がいてもおかしくないかなって」

つまり、妖精自体は見えないけど、自然の気を感じることができるのか。

芸術家の人は感性が鋭い人もいるみたいだしなぁ。

……だけど、本当に見えてないのかな？

俺の手元にいる妖精と、目が合っているように見えるんだけど。

あんまりにも凝視するから、妖精たちが怯えてるよ。

「な……何か見えますか？」

「さっきまで君に感じなかった火の気」

……やっぱりわかるんだ。

イルフォードは俺の顔に視線を戻して、首を傾げる。

「これ、火の妖精？　妖精と仲が良いってことは、やっぱり君……小人？」

「……違います」

やっぱりってなんだ。

前も言われたことがあるけど、そんなに俺ってコロボックルに見えるんだろうか。

俺が脱力していると、後ろでレイが噴き出した。

「こ……小人って……くくく」

肩を震わせて笑いをこらえてたって、噴き出した時点で失礼だからね。

そんなレイの隣では、ライラとアリスが口元に手を当て、こちらを見ていた。

「フィル君が小人……」

「きっと可愛い」

お願いだから、小人の俺を想像しないで。

「小人じゃないから」

皆に向けて念を押すと、イルフォードは少し悩むような仕草をした。

「なら、おまじないをするから、火の妖精と仲が良いのか」

「おまじない？」

まさかなと思いながら、俺は聞いてみた。

「もしかして、おまじないって僕が窯の前でやるあれのことですか？」

調理室でのおまじないと言ったら、それくらいしか思い浮かばない。

俺はいつも窯を使う時、中にいる火の妖精に向かって「上手に焼いてね」とお願いをしている。

妖精は基本的にいたずら好きだから、たまに料理を焦がしたり、生焼けにしたりすることがあるんだよね。

でも、先に丁寧にお願いすれば、ちょうど良い火加減で焼いてくれる。

調理の授業を取っている生徒は、皆知っていることなんだけど……。

でも、他校生のイルフォードが知るはずもないよな？

「おまじないのこと、誰かから聞いたんですか？」

トーマも不思議に思ったのか、イルフォードに尋ねる。

「お菓子をくれた先生が話してくれた」

お菓子をくれた先生って……。

「フィル君。遅くなってごめんなさい！　お水よぉ！」

そう言って、コップと水瓶を抱えたゲッテンバー先生が部屋に入って来た。

「ゲッテンバー先生……か」

カイルがボソリと呟く。

なるほど、ゲッテンバー先生が出処か。

お菓子を食べるイルフォードの横で、楽しそうに話すゲッテンバー先生の姿が頭に浮かんだ。

先生とイルフォードの共通の話題として、俺の話は出しやすいだろうけど。

他校の生徒にまで広めなくてもいいじゃないか。

俺とカイルは半眼で、ゲッテンバー先生を見上げる。

「どうしたの？　怒ってる？　お水を持って来るのが遅れたのにはわけがあるのよ。たっぷり飲めるように、水を瓶に入れていたせいでね。でも、その分、愛情を込めたから！」

焦った様子で、ゲッテンバー先生は水を注いだコップを俺に差し出す。

せっかく持って来てくれたので、コップを受け取り水を飲み干した。

「お水ありがとうございました。美味(おい)しかったです」

「いいえ～。どういたしまして」

にこにこ笑顔を返されると、聞きにくいけど……。

「……あの、今聞いたんですが。僕のおまじないのこと、イルフォードさんに話したんですか？」

困り眉で尋ねると、ゲッテンバー先生はハッと息を呑んだ。

「まぁ！　ごめんなさい。ダメだった？　かまどの火の妖精に向かっておまじないするフィル君のお話、可愛くてお気に入りだったから……。でも、フィル君が嫌ならもう言わないわ！」

お祈りポーズで、俺に向かい真剣な顔で謝る。

「もう広めないならいいですけど……」

「ごめんなさいね。対抗戦の時に、イルフォード君がフィル君の料理を食べたでしょう？　フィル君の作る料理は独創的で、とても美味しかったって褒めてくれたからお話が盛り上がっちゃったのよ」

「イルフォードさん、僕の料理を褒めてくれたんですか？」

料理を振る舞った時、リンが美味しくて嬉し泣きするくらい喜んでくれていたのは覚えているけど、イルフォードがそんなふうに思ってくれているとは思わなかった。

本当なのかと俺が顔を向けると、イルフォードはコクリと頷いた。

「料理も、焼き菓子も美味しかった」

焼き菓子とは、対抗戦が終わった翌朝、散歩中に会ったマクベアー先輩とディーンとイルフォードにあげたマフィンのことである。

「屋台のことも聞いた。楽しみ」

そう言って、イルフォードはふわりと笑った。

仮装パーティーもだけど、今回の見学会を相当楽しみにしてくれているみたい。

「皆準備を頑張っているので、楽しみにしていてくださいね」

微笑む俺に、ゲッテンバー先生がグッと力こぶを作る。

「ええ！　皆で頑張らなきゃね！　……でも、かまどはどうしようかしら。ひび割れもないし、見た感じは問題なさそうなのにねぇ」

「あ、そのことですけど……」

もう大丈夫だと言いかけて、口をつぐんだ。

かまどは使えるだろうが、理由はどうしたらいいだろう。

火の妖精のトラブルが解決したから……、なんて言えないもんな。

悩む俺の前で、イルフォードが先に口を開いた。

「もう、大丈夫。この子がおまじないしたから」

「おまじないを？　そりゃあ、フィル君のおまじないは、真似した他の子のおまじないよりも強力なのか、一番上手に焼けるけど……」

戸惑うゲッテンバー先生に、レイが手を挙げる。

「先生がいない間俺たちも確認しましたが、かまど自体に問題はなさそうでした。かまど職人ともう一度確認してみて、それでも調子が悪そうだったら、カフェに頼んでみたらどうですか」

おぉ！　レイ、ナイスフォロー！

俺は心の中で拍手を送りつつ、それに加勢する。

「もしダメなら下準備はこちらでやって、かまどを使う作業だけカフェでやらせてもらえないか頼みましょう」

俺の提案に、ゲッテンバー先生は考えてから大きく頷いた。

「そうね。授業で使えないと困るし、もう一度かまど職人さんを呼ぶ予定だったもの。確認してから、決めることにするわ」

ゲッテンバー先生の言葉に、ハラハラと様子を見守っていた妖精たちがホッとした顔になる。

「かまどの調子が戻ったら、フィル君のおまじないが効いたと思うわね」

ゲッテンバー先生はそう言って、茶目っ気たっぷりにパチンとウィンクする。

「き、効くといいですね」

俺はそれにぎこちない笑みで返した。


調理室を後にした俺たちは、火の妖精たちの引っ越しのため小屋へと向かった。

そのメンバーには、イルフォードも含まれている。

こっそり妖精を連れ出したとしても、火の気を感じ取るイルフォードにはごまかせないだろうし、だったら事情を話して、小屋に招待したほうがいいと思ったんだよね。

「火の妖精の引っ越し準備をしてから小屋の中を案内しますので、ちょっと待っていてくださいね」

俺がそう言うと、イルフォードはコクリと頷く。

何を考えているかわからないけど、すごく素直だ。

「なぁ、フィル。その引っ越しの準備って何やるんだ？」

レイの質問に、俺はかまどに視線を向ける。

「火の妖精は火の気があるのを好むから、まずはかまどで薪を燃やそうと思うんだ」

小屋のかまどは適度に使用しているから火の妖精もきっと気に入ってくれるだろうが、引っ越しを確実に成功させるには、かまどで焚いて火の気をもっと高めたほうがいい。

ただ、小屋のかまどを使用する場合は、前もって管理人さんに許可を得る必要があった。

「今、カイルにお願いして、管理人さんにかまどを使う許可をもらってるんだ。だから、カイルが来るまでに薪を組んで、いつでも火がつけられるようにしておこう」

そう言って、俺が薪を手に取った時だった。

小屋の扉が勢いよく開き、肩に黄緑色の小鳥を乗せたカイルが息を切らしながら入って来た。

「フィル様。お待たせしました！」

「え!?　全然待ってないよ！　ずいぶん早くない？」

俺たちだって、たった今小屋に着いたばかりである。

管理人さんに話した後、簡易的な書類手続きがあるから時間がかかるはずだよね。

だからこそ、別行動を取ってもらったのだ。

「作業が遅れると、寮の門限ギリギリになってしまうと思いまして」

寮の門限までには、あと一時間半ほどある。

妖精の引っ越し作業にそれほど時間はかからないだろうけど、日が暮れるのも早くなってきたから、それも考えてくれたのかな。

「ありがとう。後片づけまで余裕を持ってできるから助かるよ」

俺が微笑むと、カイルは嬉しそうに頷く。

そんなカイルに、アリスが水の入ったコップを差し出した。

「走って喉が渇いたでしょう。お水をどうぞ」

「ありがとう」

カイルは一気にそれを飲み干し、大きく息をつく。

【私も労ってください！】

カイルの肩にとまっていた小鳥がピョロロロと鳴いて、俺の肩へと移る。

この黄緑色の小鳥は、管理人さんのところのメイラーだ。

メイラーとは鳥の一種で、ボスと召喚契約するとその子分たちもついてくるという、群れで従属するタイプの動物である。

子分が危険を察知して鳴くと、ボスにそれが伝わるんだよね。

小屋で火を扱う時は、何かあったら管理人さんにすぐ連絡がいくようメイラーを貸してくれるのだ。

【私だって一緒に急いで来たんですよ！　置いていかれないよう頑張って！】

自分に労いの言葉がないので、メイラーはすっかりへそを曲げていた。

「君も大変だったよね。お疲れ様」

メイラーの頭を撫でた俺は、小動物用の器に水を入れ、ついでに小麦煎餅(せんべい)を砕いたものを出す。

メイラーは美味しそうに煎餅をついばみ始める。

機嫌が良くなったのに安堵して、俺は皆を振り返った。

「じゃあ、かまどに火をつけよう」

薪を組んだあと、鉱石を発動させて火種を作る。

火種の火が薪に燃え移り、だんだん火が大きくなっていった。

その様子に、近くで見ていた火の妖精たちが目を煌(きら)めかせる。

【火が大きくなってる！】

【もっと大きくなるかなぁ！】

【良い火が作れる良いかまどだね！】

妖精たちの反応を見ると、小屋のかまどの印象はなかなか良さそうだ。

「火が楽しそう」

パチパチと燃える火を見つめて、イルフォードがポツリと呟く。

火が楽しそう？　面白い表現をする。

言われてみれば、妖精が嬉しそうにしているからなのか、どことなく火の動きがリズミカルに見えた。

火の気だけでなく、そういうのも感じることができるのかな？

その時、ふと事情を話した時のことを思い出した。

「そういえば、僕が火の妖精を引っ越しさせることを話したら、すぐ納得してくれましたよね。どうしてですか？」

一応その理由も用意していたのに、聞かれなかったからちょっと拍子抜けしたんだよな。

俺が妖精に話しかけてることは知っていても、直接妖精と会話ができることは知らないはずなのに。

俺のやることに疑問を持たなかったんだろうか。

すると、イルフォードは少し考えてから、口を開いた。

「火の気は他の自然の気より強いから、多くないほうがいい」

「多くないほうがいいから、引っ越しに賛成してくれたんですか？」

俺が小首を傾げると、イルフォードは微かにまつ毛を伏せる。

「うん。少なくしたほうがちょうどいいかなぁって」

その口調は自信なさげだったが、カイルの傍らにいた闇妖精のキミーは大きく同意していた。

【そうそう。少ないなら大丈夫なのよ。でも、火の気が多いと火の妖精が集まりやすくなるし、火の妖精が集まることでさらに火の気が強くなるから大変なのよね】

つまり、一旦火の気が多くなりすぎると、雪だるま式に火の気が増えてしまうってわけか。

火の妖精がたくさん集まれば、今回みたいないさかいが起こっちゃうだろうし……。

そしてイルフォードは、感覚でそれを察しているらしい。

俺はかまどの中を覗く妖精たちをチラッと見た。

妖精たちは大きくなっていく火に、キャッキャと声を上げている。

火の妖精は棲み処が限定されているから、他の妖精よりテリトリーにこだわる。

今回は引っ越しすることで対処できたけど、火の気が増えすぎないように根本を見直さなきゃダメかも。

どうしたらいいのか、あとでヒスイに相談してみようかな。

俺が腕組みして考えていると、三匹の中で一番背の低い火の妖精が声をかけてきた。

【ねぇ、中に入ってもいい？】

他の子たちも入りたいらしく、皆でかまどの入り口を指し示す。

どうやら、引っ越し前に内見をしてみたいらしい。

俺は肯定の意味を込めて、妖精たちにニコッと笑う。

「フィル様、俺が火を見ていますよ」

カイルがそう言うと、煎餅を食べ終わったメイラーは、再びカイルの肩に移動した。

【ならば、私はしっかりその様子を見張っています！　さっきは置いていかれそうになりましたが、今度こそ目を離しませんよ！】

そう言って、ジッとカイルの顔を見つめる。

メイラーから至近距離で見つめられ、カイルは顔を引きつらせる。

「さっきの根に持っているだろ。お前が見るのは俺じゃなくて火だぞ」

小声で言うカイルに、メイラーはさらに顔を近づける。

【わかってますよ。目でその意気込みを示しているのです！】

煎餅でメイラーの機嫌も良くなったかと思ったんだけどなぁ。意外にも根深かったらしい。

「……な、仲良くしていてね」

俺はそう声をかけてから、イルフォードを振り返る。

「では、イルフォードさん。これから小屋の中を案内しますね」

かまどを見ていたイルフォードは、俺に視線を向けて微笑む。

「この部屋は見たらわかると思うので、他の部屋を案内します」

リビングとダイニングキッチンが一緒になったこの部屋の他に、部屋が三つある。

俺はまず奥の扉を開いた。

「ここは仮眠室です。前はベッドと机だけだったんですけど、本棚を置いて読書ができる空間を作りました」

ベッドと机と本棚の他に、ロッキングチェアやサイドテーブル、観葉植物を置いてのんびりくつろげる空間にした。

「居心地良さそう」

イルフォードの呟きに、トーマが嬉しそうな顔をする。

「とっても居心地良いです。ゆっくり本も読めるし、研究もできるし、僕もお気に入りなんです」

個々で自由に過ごす時、トーマはいつもこの部屋で読書か調べものをしている。

仮眠室の案内を終えて扉を閉じた俺は、残りの二つの部屋を指し示した。

「あとの部屋は改装中なんです。まだできてないので、本当はお見せできる状態じゃないんですよね」

招待客の案内係が忙しくて、あまり改装作業が進んでいない。

作品でいえば、いわば制作途中。そんな中途半端な状態を、芸術家として有名なイルフォードに見せてもいいものか。

眉を寄せて唸る俺に、ライラが言葉をかける。

「今のままで充分すごいわよ。見せてあげたら喜ぶわ」

「うん。イルフォードさん、きっと興味があると思うわ」

アリスも笑顔で、ライラの意見に頷く。

イルフォードを見上げると、どことなくワクワクした顔をしていた。

表情はあまり変わらないのに、雰囲気で楽しそうなのがわかる。

徐々にだけど、イルフォードの気持ちが少しわかるようになってきたかも。

嬉しくなって、俺は思わずクスッと笑う。

「わかりました。では、ご案内します」

そう言って、俺は部屋の扉を開けた。


次に開けたのは、三つ並んだ部屋のうち一番右端の扉だ。

もともと八畳ほどの部屋だったが、今は二畳と六畳で間仕切りしている。

「ここはお風呂場に改築中です。手前の空間は脱衣所、奥は浴室です」

説明しながら、俺は二つの部屋をつなぐ引き戸を開けて中の浴室を見せる。

「寮にある、あのオフロ？」

「はい。そのお風呂です」

初めて男子寮のお風呂場に連れて行った時、イルフォードは少し戸惑っていた。

でも、すぐにお風呂の入り方にも慣れて、今では生徒たちが学校に行って誰もいない時間、一人で入浴するくらい気に入っているらしい。

「僕やカイルはここの庭でよく鍛錬をするので、終わった後すぐ汗が流せるようにしたくて作りました」

俺の説明に頷きつつ、イルフォードは浴室の中を覗き込む。

脱衣所から一段下がった床にはタイルが敷かれ、一番奥にはパドルーの木で作られた浴槽も据えられている。

パドルーは檜の香りと、ヒバの耐久性を持った建材で、船の材料にも使われている木だ。

この浴槽は以前寮のお風呂リフォームで仲良くなった職人さんに、依頼して作ってもらった。

依頼したのは浴槽だけだったんだけど、ついでだからと他にも間仕切り壁や引き戸、換気窓も作ってくれたんだよね。本当にありがたい。

「寮のものよりは小さいですが、それでも何人か入れるくらいの浴槽を作ってもらいました」

鍛錬で疲れた体を癒し、数人が入ってものびのびと手足を伸ばせる大きめの浴槽だ。

早くこのお風呂を完成させたいな。

寮は人数の関係で、入浴時間が決められているから、のんびりと長湯してられないんだよね。

ここなら他の人に気を使うことなく、召喚獣たちを自由にお風呂に入れてあげられるし。

そんなことを思っていると、レイがにこにこしながら言う。

「寮だと禁止事項が多くて沐浴場であんまり騒げないから、俺、ここができるの楽しみにしてんだぁ」

「え、ここで騒ぐつもりなの？」

驚く俺に、レイも目をぱちくりさせる。

「だって、一緒に入るのフィルたちだろ？　お湯かけ合ったり、泳いだりしても怒られないじゃん」

いや、確かにレイと一緒に入るのは、俺かトーマだろうけどさ。

レイのわんぱく発言に、ライラが顔を顰める。

「はぁ？　ここでも騒いじゃダメに決まってるじゃない。フィル君たちは怒らないかもしれないけど、迷惑がかかるでしょ」

「えぇ！　ダメなのか？」

レイにすがるように見られ、俺は低く唸った。

「う、うーん。お風呂はゆっくり入るものだからねぇ」

浴室にするため、壁板を水に強い木材に張り替え、床を水はけの良いタイルにしているから、水浸しになっても大丈夫だと思う。

でも、できればゆっくり静かに湯船に浸かりたい。

チラッとトーマを見ると、同じ考えなのか眉を八の字にして頷いていた。

そんな俺たちの反応に、レイは途端にがっかりする。

「えぇぇぇ！　思いっきりオフロで遊べると思ったのに」

「騒ぎたいなら一人で入りなさいよ」

ライラに冷めた目で見られて、レイは口を尖らせる。

「一人で騒いでも虚しいだろ。皆で騒ぐから楽しいんだよ」

「えっと、皆で遊びたいなら、来年の夏に皆で川遊びに行くのじゃダメ？」

アリスの提案に、レイは小さくため息を吐く。

「来年かぁ。アリスちゃんの案は素晴らしいけど、来年まで長いなぁ」

すると、ライラがレイのおでこをペチンと叩いた。

「いてっ！」

「これ以上我がまま言わないの！　……イルフォードさん、すみません。案内中だったのに」

ライラは申し訳なさそうに、イルフォードに頭を下げる。

そんなライラに、イルフォードはゆるく首を横に振った。

「大丈夫。リンとサイードを見てるみたい」

「リンさんとサイードさんって、ティリアの対抗戦メンバーの？」

ライラたちはキョトンとしたが、俺は危うく噴き出しかけた。

リンとサイードのやり取りをよく知っているカイルがここにいたら、一緒に噴き出していたかもしれない。

レイとライラの言い合いしつつ仲が良さそうなところとか、リンとサイードに通じるところがあるかも。

俺は笑いそうな口元を引き結んで、ひとつ咳払いをした。

「お風呂場はこんな感じなんですが、何か気になるところはありますか？」

そう尋ねると、イルフォードは浴室の奥にある、横に細長い窓を指し示した。

湯船に浸かった時、ちょうど目の高さにくる窓だ。

そこからは、背の高い板塀に囲われた小さな坪庭が見える。

「窓の外に庭が作ってあるの？」

「はい。お風呂用の小さな庭です。お風呂に入りながら、庭が見られるようにしたいと思って」

砂や苔むした石などを配置して、枯山水風の庭を作っていた。

前世で見た本やテレビの知識を参考にしているので、あくまでもそれっぽいものでしかないんだけどね。

「この砂の模様には何か意味があるの？」

さっそく興味を持ったイルフォードに、トーマがにっこりと笑って言う。

「やっぱり気になりますよね。僕も庭ができた時に聞いたんです。フィルが言うには、砂の模様は水を表現しているらしいですよ」

それを聞いて、イルフォードは考え込む。

「水。そうか……いろいろな模様は、水の流れ……波……水紋？」

庭を見つめて、ブツブツと呟いている。

その真剣な眼差し(まなざし)は、いつものふんわりとした雰囲気と違って見えた。

芸術家は新しい文化に触れると、インスピレーションが刺激されるのだろうか。

なんちゃって枯山水だから、俺としてはあまりじっくり観賞して欲しくないんだけどなぁ。

「この部屋の案内はこの辺にして。隣の部屋を案内しますよ」

観賞を中断されて、ちょっと残念そうなイルフォードの背中を押す。

次に向かったのは、三つの扉の真ん中。十畳ほどの広さの部屋だ。

扉を開けた途端、イルフォードは目を大きく見開く。

「今まで見たことない内装……」

イルフォードがそう言うのも無理はない。

この部屋は、和室にリフォーム中だった。

「この部屋は、靴を脱いで上がります」

一段上がると、畳敷きになっている。

窓側には障子、床の間(とこのま)には掛け軸や木彫りの熊を置いていた。

「この床、タタミって言うらしいんですけど、寝転ぶと気持ち良いんですよ」

レイは言うが早いか、畳にゴロンと寝転がる。

この畳には苦労したなぁ。

こちらの世界には畳職人さんがいないから、材料集めや発注が大変だったんだよね。い草もなく、畳を作るには技術が足りず。

結局、い草に似た植物を探して畳風のラグを作り、それを床板の上に敷いている。

「不思議なんだけど、この空間とても落ち着くわよね」

アリスの言葉に、ライラが大きく頷く。

「わかる。レイじゃないけど、このまま寝そべりたいもの」

「冬になったらここにコタツを置く予定だよ」

「コタツ？　それ何？」

小首を傾げるイルフォードに、俺は説明する。

「大きな布がかかったローテーブルです。テーブルの下があたたかくなっていて、足を入れてあたたまるんです」

トーマは小さく手を叩いて喜んだ。

「去年フィルが、冬に作ったテーブルだよね？　あれあったかくていいよね」

「一回入ったら出られなくなる、あの魔性の箱なぁ」

レイは寝転んだ体勢のまま、遠い目をする。

体の弱いデュラント先輩のため、雪のかまくらの中に設置したあったかコタツ。

コタツ使用希望者が多かったので、順番にしたんだけど、皆なかなかコタツから離れてくれなかったよなぁ。

　まぁ、皆でぎゅうぎゅうになって入ったコタツも、良い思い出である。

　しみじみと思い出していた俺は、イルフォードが床の間にあった木彫りの熊を見ていることに気がついた。

　モデルは三日月熊（みかづきぐま）のカルロスで、頭にコハクを乗せている。

「動物が好きなのがわかる、良い作品。君が作ったの？」

「あ、はい」

　床の間が寂しいから、作ってみたんだよね。

「他にもこういうのある？」

「作ってる途中の欄間（らんま）が……、あ、いや、装飾があります。出来上がったら、窓側に飾るつもりです」

　欄間は彩光や風通し、装飾のために、天井と鴨居（かもい）の間に作られるものだ。

　出来上がったら、障子の上あたりにはめ込む予定でいる。

「作りかけなんですけど……」

　俺は部屋の隅に置いていた制作中の欄間に近づき、かぶせられていた布を取る。

　コクヨウを中心にホタルたち召喚獣が所々に配置され、皆をヒスイが見守っている。そんな姿が彫られた欄間だ。

召喚獣の皆やヒスイは彫り終わり、あとは全体的に花や葉のモチーフを彫るだけになっている。

「女神様と動物？　可愛い」

小さく笑うイルフォードの感想に、俺は嬉しくなった。

「ありがとうございます」

やっぱり、とても可愛くできたよな。

なのに、コクヨウは【なぜ小さき姿のままなのだ。しかも、寝ている姿など、全く威厳がないではないか！】って拗ねちゃったんだよね。

ディアロスの姿なら、確かにかっこいい仕上がりになるだろう。

でも、絶対こっちのほうが眠り猫みたいで可愛いのにな。

それに、威厳がないって言ってるけど、普段の姿のままじゃないか。

「これ、いつ完成する？」

欄間を指して尋ねるイルフォードに、俺は唸った。

「まだまだ……ですかね。周りの模様が全然はかどらなくて」

俺が木を加工する時、光の鉱石を使う。

レーザー光線をイメージしながら、木を焼き切るのだ。

イメージさえしっかりできれば、彫刻刀などで彫るよりも綺麗にできるのだが……。

イメージを持続させるには、集中力と根気が必要なんだよね。

動物に対する情熱はあるが、周りのモチーフに対してはそれが維持できない。

「周りの模様、素敵だけど細かいものね」

アリスが言い、レイが肩をすくめる。

「今からでも別の形にしちゃえば？」

「うぅ～ん。でも、もう粗削り(あらけず)はしちゃってるからなぁ。ここまできたら、頑張って終わらせるしかないよ」

俺が深くため息を吐いていると、イルフォードが俺の顔を覗き込んできた。

「……手伝ってあげようか？」

「え！　良いんですか？　あ、いや、でも、服の直しも手伝ってもらいましたし……」

一瞬喜んでしまったけど、これ以上手伝ってもらうのは気が引ける。

しかも、芸術家としてすでに大成しているイルフォードに頼むなんて……。

だからこそ、大変魅力的なお話なんだけどぉ。

頭を抱えて悩む俺に、イルフォードは言う。

「その代わりに、これもう一個作れる？」

イルフォードが指したのは、床の間に飾ってあった木彫りの熊だった。

「木彫りの熊ですか？　何個か作ってあるので、欲しいならそれを差し上げますけど……」

すると、イルフォードはにっこりと笑った。

「なら、約束ね」

そう言って手を差し出したので、俺は引き寄せられるようにその手を取って握手した。

「あの……何で握手をしているんです？」

振り返ると、和室の入口でカイルが少し不安そうな顔でこちらを見ていた。

「え……あ、違う！　何も心配するような取引はしてないよ！」

「本当ですか？」

疑わしげに見つめるカイルに、俺はコクコクと頷く。

「本当、本当」

木彫りの熊で、小屋の欄間がグレードアップしそうってだけだ。

エビで鯛を釣った感じだけど、利害が一致した取引だから悪いことをしているわけではない。

「さ、部屋の案内も終わったから、かまどのところに戻ろう！」

カイルを宥めつつ和室を出ると、かまどの前では火の妖精が楽しげに踊っていた。

俺に気がついて、ブンブンと手を振る。

【ここに引っ越しするよ】

【素敵なおうち教えてくれてありがとう！】

良かった、ここを気に入ってくれたんだ。

【別荘もあるし、最高！】

キャッキャと喜ぶ火の妖精たちに、俺は首を傾げる。

ん？　別荘ってなんだ？

「居間の暖炉が別荘みたいです」

カイルがヒソヒソと耳打ちする。

なるほど。暖炉をつける時は協力してもらおうと思っていたけど、別荘感覚なのか。

「良い火の気だね」

後からやってきたイルフォードが、俺の横に並ぶ。

その手には、しっかり木彫りの熊が抱えられていた。

3

火の妖精の引っ越しから数日が経った日の朝。

朝食のメニューは野菜がごろごろと入ったスープに、ふわふわオムレツとバゲット、ヨーグルトと数種類のフルーツだった。

寮の料理人さんの作る食事は、シンプルなんだけど素材の味が活かされていてとても美味しい。

これが注目を浴びながらの食事じゃなきゃ、もっと美味しく食べられるんだろうけどなぁ。

俺は口に入れたスープをゴクリと飲み、目だけであたりを見回す。

生徒たちがこっそりと、こちらの様子を窺っているのがわかった。

ここ一週間ほどは、いつもこんな感じだ。

普段はカイルとレイとトーマとだけだが、少し前からイルフォードとデュラント先輩も一緒に食事を取っていた。

話し相手がいないのは寂しいんじゃないかと思って、俺がイルフォードをテーブルに誘ったら、デュラント先輩も仲間に入れて欲しいと加わってきたんだよね。

デュラント先輩は知識欲が人一倍あるみたいで、以前からイルフォードとゆっくり話をしてみたかったらしい。

イルフォードに彫刻や裁縫のこと、また芸術や創作関係の話などいろいろな質問をしている。

会話自体は興味深いし、とても勉強になる。

それに三国の友好のために招待しているのだから、こういった交流は率先してするべきだ。

だから、同じテーブルでの食事も納得しているんだけど……。

何で俺を真ん中にして、両隣に座るんだろう。

ティリアとステアのカリスマたちに挟まれ、俺はバゲットを一口齧る。

二人が隣り合ったほうが、話がしやすいんじゃないかなぁ。

着席の時に席を譲ろうと思っても、最終的にどうしてか二人の間に俺が座ることになるんだよね。

注目を浴びたい派のレイなら、この視線も気にせず食事ができるだろうに。

するど、そのレイがいち早く食事を終え、デュラント先輩に尋ねた。

「今日、ティリアとドルガドの招待客が到着するんですすよね」

見学会は明日から始まるのだが、滞在は今日からだ。

「何時頃に来るのかわかっているんですか？」

カイルも気になるのか、レイに続いて質問する。

「どちらも昼過ぎに来る予定だよ。でも、ティリアはもう少し早く来るかもしれないね」

デュラント先輩はそう言って、小さく苦笑した。

ああ、その予想は当たりそうだ。

その根拠となる人物が、俺の隣にいるからである。

ステアの寮にイルフォードを滞在させる旨を手紙で送った後、すぐにサイードから感謝のお返事が届いた。

無事が確認できて安堵したと書いてあったが、実際イルフォードに会うまでは完全に安心はできないだろう。

サイードたちのことだから、きっと予定より早く来るに違いない。

そんなことを思っていると、ジャイロ寮長が焦った様子で食堂に入って来た。

俺たちの姿を目でとらえ、早歩きでこちらへやって来る。

それからデュラント先輩に向かって、ぺこりと頭を下げた。

「おはようございます。ライオネルさん、お食事中にすみません」

「おはよう、ルーク。食事は大体終えているから構わないよ。そんなに慌ててどうしたの？」

「ティリアの生徒たちが到着しました。今、寮の前で台車から荷を下ろしています」

寮長の言葉に、聞き耳を立てていた周りの生徒たちがざわめく。

「もう到着したんですか？」

今は大体朝の七時半頃。

今日は休みだから、まだ朝食を食べに来ていない子もいるくらいの時間である。

目を丸くする俺たちに、寮長はため息を吐いた。

「迎え入れる準備は整っているとはいえ、想定外の早さだよ」

だよね。早くても昼少し前だと思っていた。

「わかった。私が対応しよう。イルフォード君も一緒に行くかい？」

デュラント先輩は立ち上がり、イルフォードに向かって尋ねる。

「うん。行く」

イルフォードは短く返事をする。

「フィル君たちも行かない？　出迎えは多いほうがいいから」

微笑むデュラント先輩に、俺たちも頷いて席を立った。

寮の扉を開けると、広場にはティリアの制服を着た少年少女たちがいた。

男子寮と女子寮に分かれて滞在するので、個々に荷物を仕分けているみたいだ。

イルフォードが現れると、ティリアの生徒たちはその作業を止めた。

「イルせんぱ～い!!」

荷物を放り投げて、リンがイルフォードに駆け寄る。

「リン、荷物を放り投げるなよ」

サイードは落ちる寸前の荷物をキャッチして、静かに地面に下ろす。

それから、ため息交じりにやって来て、イルフォードを睨んだ。

「イルフォード先輩、何で俺らに言わないで先に行っちゃったんですか。心配したんですよ」

「そうですよ！　すっごくすっご～く心配したんですから。頭を撫でてくれないと、許してあげません！」

そう言って、リンは撫でやすいようにイルフォードに向かって頭を差し出す。

「うん。ごめん」

イルフォードはリンとサイードの頭を優しく撫でる。

「……俺は撫でて欲しいなんて、一言も言ってないんですけど。大体そうされて許すのは単純なリンだけで、俺は撫でられたからって許しませんよ」

イルフォードに撫でられながら、サイードはげんなりとため息を吐く。

リンはそんなサイードの言葉に、息を呑む。

「それって……すぐには許さずに、ずっと撫でてもらおうって計画？　サイちゃん、天才すぎない？」

「はぁ⁉　違うよっ！」

「あ～、私もそうすれば良かったたぁ」

「聞けよ！　そんな計画立ててないからっ！」

言い合う二人の姿はいつもの光景なのか、ティリアの面々は別段気にする様子もなく、こちらに挨拶(あいさつ)に来てくれた。

「来て早々騒がしくてすみません」

「もう少しゆっくり来る予定だったんですが、サイードたちが急(せ)かすもので……」

「イルフォード先輩の滞在を許可してくださって助かりました」

そんな仲間の姿に我に返ったサイードも、リンとの言い合いをやめて、俺たちに向かって深々と頭を下げた。

「ステアの皆さん、本当にありがとうございます」

「ありがとうございます！」

リンもぺっこりと元気よくお辞儀をする。

デュラント先輩はそんな彼らににっこりと微笑む。

「いえ、こちらも大変有意義な時間を過ごすことができました。ね？」

同意を求められて、俺は頷いた。

「はい。準備を手伝ってもらいましたし、いろいろ貴重なお話を聞くことができました。楽しかったです」

「うん、楽しかった」

微笑むイルフォードに、サイードは眉を顰めた。

「ステア生活はずいぶん楽しかったみたいですね。前よりとても充実した顔をして――ん？」

サイードはふいに言葉を止め、近づいてイルフォードの顔を凝視する。

「本当に充足感に満ちた顔していません？　やけに肌つやが良いと言うか……」

その一言により、ティリアの生徒たちがざわめいた。

イルフォードを取り囲み、まじまじと観察する。

「本当だ。何だかやけに血色がいい」

「ティリアで最後に会った時より、イルフォード先輩がつやつやピカピカしてる！」

すると、ティリアのメンバーが一斉に俺たちのほうを向く。

「イルフォード先輩はステアで、いったいどんな生活をっ！」

「美味しい食事とか？　美味しい美味しい食事とか？」

リンに詰め寄られて、俺たちは焦る。

「学校のご飯は美味しいですが、特に変わったメニューではありませんよ。なぜ彼の肌つやが良いのかは……」

デュラント先輩は困り顔で笑った。

だよなぁ。それ以外で思い当たることと言ったら何だろう。

「……あ！　お風呂ですかね」

俺の言葉に、レイは合点がいったとばかりにポンと手を打った。

「なるほど。つやつやピカピカの理由はオフロか！」

「そうかもしれないねぇ」

トーマもにこにこしながら頷く。

「あの……オフロとは？」

サイードたちが聞きなじみのない単語に戸惑っていると、デュラント先輩が説明を始めた。

「去年からステア王立学校で取り入れた、新しい沐浴方法です。イルフォードさんも気に入ってくれまして、一日に何度も入っているとか」

「今朝もイルフォードさん、朝食前にお風呂に入ったって言ってましたもんね」

俺が聞くと、イルフォードはコクリと頷いた。

「オフロとやらに入ったら、俺たちもつやつやピカピカに？」

「イルフォード先輩をも虜にするとは、すごいなステア……」

ざわつくティリアのメンバーを見て、俺は苦笑する。

そんなにお風呂に期待されると、プレッシャーを感じるんだけど。

「ご興味があるなら、部屋に荷物を置いたあとで、すぐ寮の施設内を案内します」

「本当に？　ぜひお願いするよ！」

俺の提案に、皆が一斉に食いつく。

すると、カイルが通りに目をやりながら呟いた。

「案内は一度で済みそうですね。ドルガドも来たようです」

カイルに言われてそちらを見れば、ドルガドの制服を着た少年少女たちが、台車を引いてこちらへやって来るところだった。

台車を引いていたのは、ディーン・オルコットと、ディーンの友人のマッテオ・ボーグだ。

ディーンはステア王立学校同級生の、シリル・オルコットのお兄さんである。

それから、他の男子生徒たちや紅一点のルディ・アンは、台車の荷が崩れないようにサポートしていた。

そのドルガド生徒の中に、ミカ・ベルジャンの姿がなくて俺は落胆した。

招待客は対抗戦選抜メンバーだと聞いていたから、もしかしてと期待していたんだけどな。

ミカは剣術戦の時に危険行為をして、大会の途中でドルガド選抜メンバーを外された少年だ。

出来の良い弟と比べられ、親から冷遇されていたミカは、対抗戦で活躍することが、両親を振り向かせる唯一の方法だと考えた。そして、どんな手を使ってでもドルガドを勝利に導き、自分の存在を認めてもらおうと思ったようだ。

親に見捨てられたくないという焦りから、方法を間違えてしまったんだよね。

今は己の罪を心から反省し、剣豪グレイソン・オルコットの道場に通って心身を鍛えている。

以前ミカに会った時は、迷惑をかけた各学校の選手たちのところへ改めて謝罪に行きたいと言っていたけど……。

やはり問題を起こして外されてしまったメンバーは、招待するのが難しいのだろうか。

そんなことを考えているうちに、ディーンたちが広場に到着した。

ドルガドの一行を、デュラント先輩は笑顔で出迎える。

「ドルガド王立学校の皆さん、ようこそいらっしゃいました」

「ご招待いただきありがとうございます。ドルガド王立学校一同、感謝しています」

代表として正式な挨拶をしたディーンが頭を下げ、ドルガドのメンバーたちがそれに続く。

デュラント先輩はチラッとドルガドのメンバーに視線を向け、声を少し落として尋ねる。

「ミカ君は？」

「今ブルーノ学校長と共に、ステア中等部学校長に挨拶に行っている」

その返答に、俺は目を大きく見開いた。

「ミカも来ているんですか？」

質問する俺の目を見つめ、ディーンは頷いた。

「ミカが事件を起こしたのは、家という狭い環境にとらわれていたことが一因している。ステアの学校長やデュラント生徒総長が『彼こそ他国の教育に触れるべきだ』とおっしゃってくださってな」

ゼイノス学校長やデュラント先輩が助力してくれたおかげで、ミカは参加を許されたのか。

俺やカイルがデュラント先輩を見上げると、彼は優しく笑った。

「ティリア側が許可してくれなかったら、実現はしなかっただろうけどね」

すると、リンは腰に手を当てて、エッヘンと胸を反らす。

「ティリアの生徒は、皆心が広い人たちばかりだもん。ミカが反省してるなら、やり直す機会は与えなきゃ。ね！　イル先輩」

リンが同意を求めると、イルフォードは穏やかに微笑みコクリと頷く。

そんな彼らの言葉に、俺はホッと胸をなで下ろす。

謝罪をしても、それが受け入れてもらえないこともあるからだ。

「誰だって失敗はあるもんね」

深く頷くリンを、サイードがジトリと睨む。

「リンはもう少しやらかさないよう気をつけて欲しいけどな」

リンの暴走が原因で、探索戦に使っていた遺跡が一部崩落したもんなぁ。

ミカの危険行為も問題だったが、崩落事故でも大会中止しかけたのだ。

それに巻き込まれた各校の選抜メンバーが、渋い顔で「確かに」と唸る。

「ちょっと勢い余っちゃうだけで、やらかすつもりはないんだけどなぁ。不思議だよねえ」

あっけらかんと笑うリンに、サイードは頭を抱える。

「どうして神は、ありあまる力をリンに与えたんだ。いつも何かしやしないかとハラハラして、こっちの身が持たない」

サイードの言葉に、カイルがすっごくわかるという顔で強く頷いていた。

「カイルが共感してるね」

トーマが呟き、レイがしみじみと言う。

「やらかしがちの人に関わった気持ちがわかるんだろうなぁ」

俺もやらかさないよう気をつけているんだけど。

そんなことを思っていると、マッテオが近づいてきて俺の頭を力強く撫でる。

「それにしても、少しは大きくなっているかと期待していたら、全然変わってないな。ちゃんと食べているのか?」

心配して言ってくれているのはわかるんだけど、人のコンプレックスを……。

ドルガド人は他国に比べ、平均身長が高いし体格も良い。

その上、鍛錬を日課にしている人が多いようで、老若男女問わず鍛えられた体の人が多い。

ドルガド出身のシリルとリンは、ドルガドの平均に比べて背も低いけど、俺はそんな彼らよりさらに小さくて華奢だもんなぁ。

「少しは大きくなっているんです」

ちょっとだけど成長しているんだ。……ちょっとだけど。

俺の言葉が信じられないのか、マッテオは俺の頭を撫でながら言葉を続ける。

「本当かぁ？」

カイルはそんなマッテオの手を、俺の頭からのけて言う。

「ちゃんと成長なさっていますよ。それより、ドルガドの皆さんも予定よりずいぶん早い到着なんですね」

確かにそうだよな。ティリアは予想できていたけど、まさかドルガドもとは思わなかった。

まさか、シリルに早く会いたくて……じゃないよね？

俺がディーンの顔を窺っていると、ディーンは表情を変えず答える。

「急遽、ブルーノ学校長が共同研究の書類を届けることになってな。それに合わせて、少し急いで来た」

それを聞いて、デュラント先輩の眉がピクリと反応する。

「共同研究？　もしかして、タネル草とマリ茸の件ですか？」

タネル草とマリ茸は、特殊な環境下でしか育たない植物と茸だ。

対抗戦に使用した遺跡の中から発見された。

食べれば疲労回復の効果があると言われており、今ステアとドルガドの王立学校で共同研究を行っている。

その研究メンバーは、主に各王立学校を卒業した植物学の研究者たちだ。

ただ、後学のため、中等部や高等部の優秀な生徒も数人、研究メンバーに選ばれている。デュラント先輩もその中の一人だった。

新しい研究書類が届いたと聞き、デュラント先輩はそわそわとし始めた。

「急遽ということは、何か新しい発見があったんだろうか……。生育環境の件か、それとも……」

考え込むデュラント先輩に、寮長が囁く。

「ライオネルさん。気になるかと思いますが、それはあとで……」

言われて、デュラント先輩は笑った。

「あ、そうだね。では、男子生徒は男子寮へ、女子生徒は女子寮へ。初めに部屋へ案内しますので、荷物を置いたら各寮の玄関ホールへ集まってください。寮施設の案内は、それぞれの寮長が行います」

「男子寮寮長のルーク・ジャイロです。よろしくお願いします」

「女子寮寮長のフェルミナ・スノーレです。どうぞよろしくお願いします」

ジャイロ寮長が会釈をし、後方にいた女子寮寮長のフェルミナ先輩も前に出てきて頭を下げた。

するとと、荷物を抱えたリンが、俺のところにやって来て尋ねる。

「ねぇ、フィル君。さっき言ってたオフロって、女子寮にもあるの？」

「はい、ありますよ」

男子寮の改築が終わった後、女子寮も同じ造りで改築している。

「オフロって何？」

同じく自分の鞄を持ってやって来たルディが、興味津々で尋ねる。

「昨年から行っている、ステア王立学校の新しい沐浴方法です」

「そのオフロってやつのおかげで、先にステアに滞在していたイル先輩が、こんなにつるつるピカピカの肌にっ！」

俺の説明に続いて、リンが自慢げに「じゃーん」と、イルフォードの顔を手のひらで指し示す。

「え、嘘。元からじゃなくて？」

まじまじと観察したルディは、フェルミナ先輩に向かって言った。

「フェルミナさん、すぐ案内してもらえますか？」

「はい。もちろんです」

「わーい！　楽しみ！　行こう、行こーう！」

大喜びのリンの背中に向かって、サイードが声をかける。

「いいか、リン。ちゃんと大人しくしてるんだぞ。ステアやドルガドの生徒に、絶対迷惑かけるなよ。寮のごはんが美味しくても食べすぎるなよ」

「もぉ、わかってるよぉ」

その姿を見たレイが、ボソリと呟いた。

「……お母さんみたいだな」

うん。カイルの過保護を上回るかもしれない。

ディーンは俺の前に来ると、ちょっと落ち着かない様子で寮長と俺を交互に見る。

なんだろ。言いたいことでもあるのかな。シリルに関することだろうか。

「案内役は、フィルたちじゃないのか？　シリルも案内係を手伝うことになったと、手紙に書いてあったが……」

ディーンに聞かれ、俺は「え……」と固まった。

俺とカイルとシリルが担当している案内係は、見学会のみ。

もしかして寮施設の案内も、弟にしてもらえると思っていたのかな。

それを期待していたなら、ちょっと可哀想。

「えっと、それは……その……」

俺が言葉に詰まると、ディーンの強面（こわもて）な顔が心なしかしょんぼりして見えた。

「違うのか？」

あ、あぁ！　ついにないはずの犬耳と尻尾まで見えてきた。

しかも、その耳や尻尾がだんだん下がってきている！

周りにいるティリアやドルガドの男子生徒たちまで、「テイラ君は案内してくれないのか」とざわつき始めたし……。

ど、どうしよう。

俺がチラッと寮長を見ると、『お手伝い大・歓・迎！』って顔をしていた。

「男子の招待客は多そうなので、案内係を手伝います。シリルも……呼んでみます」

周りからの期待の圧に負けた俺はそう言って、小さくため息を吐いた。


案内係は寮長と俺とカイルの他、俺たちに同情したレイとトーマ、それからシリルも手伝ってくれることになった。

ディーンの期待を考えれば、シリルが手伝ってくれるのは大変助かる。

寮長とカイルが招待客たちの人数を確認する中、俺はシリルにそっと感謝を述べた。

「案内役を引き受けてくれて、本当にありがとうね」

すでに感謝を述べるのは何度目かになるが、さらに追加で言いたい。

何しろシリルのおかげで、ディーンの機嫌が良さそうだからだ。

あのままテンションの下がったしょんぼりディーンを連れて、寮内を案内したくはないもんな。

心から安堵している俺に、シリルはくすくすと笑った。

「こちらこそ感謝だよ。僕が過ごしている寮を、兄さんに案内することができるんだから」

シリルは本当に良い子だなぁ。

俺がほっこりしていると、人数確認を終えた寮長が皆に呼びかける。

「ミカ君はまだ到着に時間がかかりそうなので、先に皆さんを案内したいと思います。まずは近いところから、談話室と食堂へ案内します」

談話室と食堂は、今集合している玄関ホールのすぐ脇にある。

「廊下を挟んで右手にあるのが談話室、左手にあるのが食堂です。ステアの生徒も皆さんと話したがっているので、ぜひ談話室を交流の場にお使いください。食堂は朝、昼、夕。定められた刻限内であれば、自由に食事を取ることができます」

寮長の説明に、マッテオがすかさず手を挙げる。

「ステアの寮はどういう食事が出るんだ？」

対抗戦の時も思ったけど、マッテオは食べることにとても興味があるみたいだ。

マッテオの真剣な眼差しに、俺は小さく笑って答える。

「食堂の入り口に、メニュー表があります。セットになっていて、日によって内容が変わります。好きなセットを決めたら、厨房の料理人さんに注文してください。体調や体質で食べられないものがある場合は、言ってくだされば料理人さんたちが対応してくれます」

レイは咳払いを一つして、俺の説明に補足する。

「足りなければ量を増やしてもらうことも、単品メニューを追加してもらうことも可能です。単品メニューは、日替わりで数種類。カウンターに看板がかかっているので、セットを頼む時と同様に厨房の料理人さんに声をかけてください。ちなみに事前に申請すれば、夜食も作ってもらえます」

「おおぉぉぉ。それはありがたい」

マッテオが満面の笑みになり、ドルガドとティリアの生徒たちも嬉しそうな声を上げる。

寮の食事は、俺には少し多いくらいなんだけどなぁ。

食べ盛りの体育会系少年たちは、食欲旺盛のようだ。

「それでは案内を再開します」

号令をかけた寮長を先頭に、皆は再び移動を始める。

移動中、シリルは歩きながら、そわそわとディーンを見ていた。

「何だ？」

訝しげに聞く兄に、シリルは少し照れた顔で言う。

「兄さんがステア王立学校にいて、こうして寮内を一緒に歩くことができて嬉しいんだ。夢みたい」

夢みたいか。シリルにとってはそうかもなぁ。

対抗戦前のシリルとディーンは、ほとんど会話もしていなかったと聞く。

ディーンは弟のためを思ってとても厳しく接していたし、シリルはその期待に応えられないプレッシャーで兄に対して萎縮していた。

対抗戦後に二人で話し合って、ようやくお互いの気持ちを知ることができたんだよね。

今は一緒に鍛錬するくらい仲が良いけど、以前の関係を思えば全てのことが奇跡のように感じてしまう。

こうして仲の良い二人の姿を見ることができて、俺も本当に嬉しい。

ディーンの顔を窺うと、弟の可愛らしい発言にわたわたと動揺していた。

「な、ゆ、そ、それくらいで、大げさな」

照れているのか耳が赤い。

普段の無愛想でクールなディーンを知るマッテオたちは、それを見てニヤニヤと笑っていた。

友人としてもディーンの変化は嬉しいものらしい。

俺やカイルも思わず笑っていると、ディーンに睨まれた。

「次の場所はまだなのか」

まったく、素直じゃないんだからなぁ。

俺は微笑みで返して、沐浴場の扉を開ける。

「次は沐浴場。さっきお話に出たお風呂です」

「イルフォード先輩がつやつやピカピカになった秘密が、ついにわかるのかぁ」

ティリアの生徒たちが歓声を上げて、中に入っていく。

そんなに期待されると、見せるのドキドキするなぁ。

入るとまず身なりを整える横長の鏡台と、ちょっとした休憩スペースがある。

次に脱衣所と数個の一人用更衣室があって、その先が沐浴場になっていた。

沐浴場は決まった時間に清掃が入り、利用中は浴槽に入れるお湯もかけ流しにしている。

今は朝の清掃が終わり、新しいお湯が浴槽いっぱいに溜まった頃だ。

「うおぉぉぉ！　何だここ！」

沐浴場の扉を開けて、マッテオが叫ぶ。

誰もいない沐浴場に、マッテオの声が響き渡った。

「沐浴場の中に入ってもいい？」

「いろいろ見たいんだけど！」

ワクワクした顔で聞かれ、俺たちは頷く。

ティリアやドルガドの生徒たちは許可が取れたとみるや、急いでズボンの裾をまくり上げ、裸足になって沐浴場の中に入る。あるもの全てが珍しいみたいで、皆きょろきょろしていた。

「シリル。木の浴槽と、岩の浴槽があるみたいだな。何か違いがあるのか？　袋みたいなものも浮かんでいるが……」

ディーンに聞かれ、シリルは一生懸命に説明する。

「えっと、通常沐浴する時は、浴槽のお湯や水をかけて体を清めるでしょう。ステアでは洗い場で体を洗った後、この浴槽に浸かって体をあたためるんだ。袋の中身はその時々で違うんだけど、中には薬草とか、お花とかが入っているよ」

「確かにとても良い香りがする。でも、こんな沐浴方法は知らなかったな。イルフォード先輩も、この中に入ったんですか?」

尋ねるサイードに、イルフォードはコクリと頷いた。

「良い香りがして、ぽかぽかする」

そんな感想に、俺はにっこりと笑う。

「浴槽に浸かると、体の芯からあたたまってよく眠れますよ。さらに、今日は移動で疲れた皆さんを癒すために、岩風呂のほうには薬草の入った袋、木風呂のほうには花と果物の皮が入った袋を入れています」

「入るの楽しみだなぁ」

マッテオはワクワクとした顔をする。

「テイラ君、こっちの個室は何?」

「衝立(ついたて)の向こうに、大きなタライが置いてあるけど、これは?」

気になることがたくさんあるのか、ドルガドとティリアの生徒たちは手を挙げて呼ぶ。

「個室は一人でゆっくり入りたい人のためのものです。身分や事情によって、大勢で浴槽に浸かることに抵抗がある人もいますから。衝立の向こうは、召喚獣専用のお風呂です」

俺の返答に、サイードたちは感嘆の息を漏らす。

「すごい。細やかな気配りだ」

「召喚獣のためのものまであるとは……」

そんなに言われると、何だか照れてしまう。

すると、洗い場の前に立っていた生徒の一人が、震える声で俺を呼んだ。

「テ、テイラ君！　こ、これ……この石鹸（せっけん）使って洗っていいの？」

指をさしたのは、グレスハート産の石鹸。

ホタルを洗うために、俺が開発した自然派石鹸だ。

よく汚れが落ちて、肌にも優しい石鹸である。

「あ、はい。浴槽に入る前は、この石鹸で体をよく洗ってください。洗髪用の液体石鹸もありますので、髪を洗う時はこちらをどうぞ」

後から作ったこの液体石鹸も、これまた大好評なんだよね。

すると、その説明を聞いた二校の生徒たちが洗い場に一気に集まった。

「この石鹸って、大商家トリスタンが取り扱ってる日干し王子印のやつだよな？」

「洗髪用液体石鹸、俺、初めて見た」

「嘘だろ。これ自由に使っていいのかよ」

「どうりでイルフォード先輩がつやつやピカピカなはずだ」

「日干し王子印すごいなっ！」

彼らの言う『日干し王子印』とは、俺が開発した商品のブランド名である。

俺が名づけたわけではない。俺の開発商品によって生活が豊かになったグレスハートの商人たちが、親しみを込めてそう呼んでいたら、すっかりブランド化してしまったのである。

スタートが干物や乾物商品だったので、日干し王子らしいけど……。

干物王子じゃなくて、まだ良かったと思うべきか。

今や日干し王子印は、俺の意に反し一流ブランドとして名前が広がっている。

「いいなぁ。うちの学校も日干し王子印の石鹸、入荷してくれないかなぁ」

「いやぁ、それは無理だろう」

ティリアの生徒が言い、ドルガドの生徒がため息を吐く。

「ドルガドはもっとダメだろうな」

「ティリアにはグレスハートご出身のステラ皇太子妃がいらっしゃるだろう。ドルガドより入荷されやすいんじゃないのか？」

ディーンが聞くと、サイードたちは笑って首を横に振った。

「日干し王子石鹸は高級だから、大商家か貴族たちが使うくらいだよ」

「学校の寮で使うとなると大量に必要になるから、絶対無理」

そうなんだよな。グレスハートじゃ庶民の日用品でも、海路や陸路で距離が長くなればなるほど輸送代がかかり、その分、品物の金額が上がっていく。

ステア王立学校が入荷できているのは、俺は全く関係なく、ライラによるものである。

石鹸に目をつけたライラが、実家のトリスタン家に言ってグレスハート国王と販売契約を結ばせ、さらにステア王立学校とも定期購入契約を結ばせたのだ。

商人として将来有望である。

羨ましがる彼らに、レイが小さく手を挙げた。

「あの、ステアにトリスタン家の子が通っているんで、もし学校で入荷したいなら話を通しますけど？」

その言葉に、二校の生徒たちの視線がレイに集まった。

「だ、だけど高級品だぞ？」

「ティリアやドルガドはグレスハートからステアに来る途中にありますし、定期的に大量入荷するということでステアも値段を抑えてもらっているらしいんで、値段は心配ないかと。今回の見学会には学校長もいらしてるんですよね？　ステアはすでに定期購入してるんで、そちらの値段を参考に相談されてはどうでしょうか」

驚くくらい上手な営業トークが、レイの口からするすると出てくる。

その提案に、ドルガドとティリアの生徒たちが一気にざわつく。

焦った俺とカイルとトーマは、レイに小声で話しかける。

「レイってば、そんなこと勝手に言っていいの？」

「ライラに確認取ってからのほうが良かったんじゃないか？」

「皆すっかりその気になってるのに、ダメってなったら可哀想だよ」

すると、息を吐いたレイは、小さく肩をすくめた。

「そのライラに頼まれたんだよ。俺はライラに言われた言葉を、そのまま言っただけ。学校の寮であの石鹸を仕入れているのはステア王立学校だけだから、ティリアやドルガドの生徒が欲しがっていたら提案してみてくれってさ。あいつ、顧客を増やす良い機会だって高笑いしてたぞ」

俺の頭の中に、ダイルコインを数えながら高笑いしているライラが浮かぶ。

どうりで……。あんなに上手な営業トークだったわけだ。

さすがライラ、商魂逞しい。

その有望さに空恐ろしさを感じていると、サイードが俺を呼んだ。

「そうだ、フィル君。浴槽に入る前に体を洗うという以外、他に気をつけるべきことはあるのかい？」

俺は出入り口の横の壁にかかっている注意書きを指す。

「ここには沐浴場利用に関する注意点が書かれてあります」

注意書きの文章は『浴槽で泳いではいけない』『大声で騒がない』『沐浴場では走らない』など端

的なものにし、一度見たらすぐ理解できるように絵つきにしてある。

俺に続き、寮長が皆を見回して言う。

「この『オフロの掟』に目を通していただき、沐浴場を利用する際はこの約束事を守ってください」

「オフロの掟……。十五から二十はあるか？　ずいぶんとあるんだなぁ」

マッテオは呆気に取られつつ、注意書きをブツブツと読む。

「数は少し多いかもしれませんが、内容は基本的なことです。他の利用者に迷惑がかかるような行為、事故につながりやすい行為に気をつけていただければ大丈夫だと思います」

俺がそう言うと、トーマが苦笑する。

「初めはそこまで多くなかったんだよねぇ。後からレイが、どんどん増やしちゃうんだもん」

「本当に、いろいろやって増やしてくれたよなぁ。歌ったり、アヒルのおもちゃを持ち込んだり、他にもいろいろ……」

その時のことを思い出してか、寮長はげんなりとため息を吐く。

普段のレイは、俺たちと入浴時間を合わせることが多い。

しかし、計画犯なのか、たまにレイは俺たちを置いて、一人で入浴することがある。

そういう時って、たいてい何か問題を起こすんだよねぇ。

そして、その現場を発見するのは、なぜか決まって寮長だった。

寮長がため息を吐く気持ち、よくわかる。

額を押さえる寮長に、レイは頭を掻いて笑う。

「歌は声が響くのが気持ち良くて、ちょっと口ずさんだだけなんですよ。アヒルのおもちゃは、お湯に浮かべたら皆が楽しんでくれるかなって思って……。オフロの時間を楽しもうとしただけなのになぁ」

悪気はなかったというレイに、寮長は口元を引きつらせた。

「ちょっとぉ？　俺が見た時は、レイ・クライス特別独唱会みたいになっていたが？　それに、アヒルをお湯に浮かべるにも限度がある。大量のアヒルの片づけ、大変だったのを忘れたのか？」

寮長が睨み、カイルがレイに向かって冷ややかな目を向ける。

「忘れてないよな？　フィル様やトーマや俺が、後片づけを手伝ったんだから」

「あの時は大変だったよねぇ」

困り顔で笑うトーマに、俺は頷く。

俺の中でも、アヒル風呂事件は忘れられない思い出だ。

木製の小さなアヒルたちを大量に湯船に浮かべていたそうなんだけど、お風呂の時間はかけ流しだから、湯船から溢れて沐浴場の床のほうにまで流れて行っちゃったらしいんだよね。

俺とトーマとカイルがお風呂場に到着したら、寮長に怒られながらレイがアヒルのおもちゃを数えていたっけ。

半泣きでアヒルを数える声が不気味に響いて、他の生徒が怖がっていたから、仕方なく手伝ってあげたのだ。

「お……覚えてます。その節はご迷惑を……」

レイはそう言って、しょんぼりと肩を落とす。

その様子に俺はため息を吐き、ドルガドとティリアの生徒を見て微笑む。

「まぁ、レイの行動は特別で、普通に利用すれば問題はありませんから」

安心させるために言ったのだが、サイードはひどく不安そうな顔をしていた。

「女子寮は大丈夫かな。リンのやつ、何かやらかしそうな気がする」

あ、なるほど。リンの行動を心配してのことか。

「サイード、大丈夫だよ」

「そうそう。リンだって、ティリアの代表なんだから」

慰める仲間たちを、サイードはすがるように見つめる。

「これだけ魅力的な沐浴場を前にしても、リンは我慢できるか？」

「う……それは……」

言葉を詰まらせる仲間を見て、サイードはイルフォードに尋ねる。

「イルフォード先輩はどう思います？　リンがこの沐浴場を見たら」

イルフォードは少し考えて、ポツリと言った。

「……はしゃぐ」

「ですよねぇぇぇ。俺もそう思います！」

「で、でも、サイードも別れ際に注意していたし……」

フォローしようとする仲間に、サイードは拳を震わせて言う。

「リンが俺の忠告を聞く人間なら、こんなに不安じゃないんだよっ！」

まぁ、確かにそうだよね。

すると、カイルがそんなサイードを見て、深く頷いていた。

「離れているからこその不安……わかる」

ねぇ、共感しないで。

その時、頭を抱えたサイードの肩を、ディーンがポンと叩いた。

「大丈夫だ。あっちにはルディがいるから」

「だな。ルディがどうにかするだろ」

マッテオの口調は軽かったが、そこにはルディへの信頼が感じられた。

「ルディさんですか？　……でも、リンが相手ですよ？」

未だ不安げなサイードに、マッテオが豪快に笑う。

「大丈夫だって。無愛想で鍛錬の鬼のディーンと、ずっと幼なじみやってるんだぞ」

ディーンはマッテオの言葉に、ピクっと眉を動かす。

「言動が荒くて、食い意地が張っていて、思い立ったら後先考えない、幼なじみのマッテオの扱いもとても上手いしな」

「……俺のほうの悪口多すぎないか？」

口を尖らせるマッテオを無視して、ディーンはサイードに向かって言う。

「ルディはリンやリンの家族とも面識があるし、心配するな」

「は、はい。聞いていたら、少し落ち着きました」

ディーンの言葉で、サイードはようやく安堵したようだ。

ディーンは口調が厳しくて、怖い印象も受けやすいけど、根は面倒見の良いリーダーなんだよね。

最近はシリルとの兄弟仲が良好なおかげか、以前より表情も柔らかくなっているしなぁ。

俺はニコニコと微笑んで言った。

「では、案内を続けましょうか」


沐浴場の案内を終えた後、次に向かったのは建物の奥にある図書室だった。

「あの扉が図書室です。蔵書数はそこまではありませんが、定期的に司書さんが来て書物を新しいものに入れ替えてくれます」

寮長の説明に続いて、レイが図書室の扉を開ける。

「暇つぶしにはいい部屋ですよ」

図書室は二十畳ほどで、部屋の四方の壁が埋め込み式の本棚になっていた。

中央にある机と椅子は、本を読んだりレポートを書く時に使う。

「まさか寮にまで図書室があるとは……」

「さすがステア……」

ざわつくティリアとドルガドの生徒たちに、トーマが首を傾げる。

「レポート作成でも利用しますし、面白い本もあるので僕はよく来ます。ドルガドとティリアには、寮に図書室がないんですか？」

トーマに限らずステアの生徒は本をよく読むので、寮内でも人気のある施設だ。

こういう反応ってことは、やっぱりティリアもドルガドも本を読む習慣がないのかな。

サイードは図書室を覗き込みながら、低く唸る。

「ティリアはレポートというより、作品の提出が多いからなぁ。図書室の代わりに裁縫室や制作室、それから卒業生が残していった作品の展示室があるよ」

同じく部屋を見回して、ディーンが呟く。

「ドルガドは寮の中と外に、数ヶ所鍛錬する場所がある」

「はっきり言って、ドルガド男子寮の鍛錬施設は汗臭いぞ」

マッテオの言葉にドルガドの生徒が頷き、ステアとティリアの生徒は眉を顰める。

……汗臭いのは嫌だな。

でも、やっぱり各学校で結構施設にも違いがあるものらしい。

「ステアの寮内に鍛錬場はないのか？」

ディーンに聞かれ、カイルは図書室の扉を閉めながら言う。

「図書室からさらに奥へ行ったところに、屋内鍛錬場の建物があります」

「こちらです」

寮長が先頭に立って、皆を誘導する。

屋内鍛錬場は寮とくっついてはいるが、建物自体は全く別の構造だ。

温室のようなガラス張りになっており、地面は土で、木や岩もある。

初めてここに来た時、野外の小さな運動場にガラス張りの建物をかぶせたみたいだって思ったんだよなぁ。

ドルガドの生徒たちも、この施設には驚いたようだ。

「へぇ、外みたいだ。面白いなぁ」

「屋内と言っても、屋外と変わらない環境になっているのか」

「うちの屋内鍛錬場は、床板だもんな」

楽しそうにあたりを見回して、感心している。

「フィルたちは普段、この屋内鍛錬場で鍛えているのか？」

ディーンに尋ねられ、俺とカイルは頷く。

「雨の日はそうですね。ただ、僕とカイルは寮から少し離れたところに個人鍛錬場があるので、そっちに行くことが多いです」

俺とカイルが打ち合いの稽古をしていると、見物する生徒が出始めるので、なるべく小屋の庭で鍛錬することにしている。

「ほう、個人鍛錬場か」

あ、ディーンが興味津々な顔をしている。

「別に場所を変えているからって、特別な鍛錬はしていませんよ。適度な運動程度ですからね」

体がなまらないように、軽く運動しているに過ぎない。

「フィル、滞在中に一緒に鍛錬しないか？　対抗戦の時に一瞬見せた体術も素晴らしかったが、フィルの剣術も見てみたい。いや、お前と剣を交えてみたい」

熱く語るディーンに、俺は脱力する。

「僕が言ったこと聞いてました？　適度な運動しかしてないんですけど」

「それでも日々の鍛錬はしているんだろう？　フィルの剣術は少し変わっていると、シリルから聞いている。フィルの剣を受けてみたいんだ」

熱く語るディーンの目は、眩いばかりに輝いていた。

そういえば、対抗戦が終わった翌朝も、マクベアー先輩とイルフォードを誘って試合形式の早朝鍛錬をしてたっけ。

本当に剣術が好きというか、一直線というか……。

「フィル君と兄さんの試合かぁ。見てみたいなぁ」

まずい。シリルまで俺とディーンの試合姿を想像して、ぽわぽわと幸せそうな顔をしている。

俺は慌てて、ディーンに向かって言った。

「ディーンさんのお誘いは光栄ですが、僕は無理ですよ。マクベアー先輩と互角に渡り合う人と、剣を交えるなんてとんでもないです」

にっこりと微笑む俺を、ディーンはじーっと見つめる。

「どうしてもダメか」

そんなシュンとしたシベリアンハスキーみたいな顔をしてもダメである。

「体力があまりないんですよ。見学会の案内役を全うしたいので」

正直いえば、一試合一本勝負くらいならどうにか相手ができるかもしれないが、ディーンの場合それで終わらない可能性があるからなぁ。

すると、カイルが俺の前に出て、ディーンに言った。

「俺が二人分、鍛錬の相手を務めますよ。ドルガドの鍛錬方法を、ぜひ教わりたいと思っていたんです」

俺を助けるつもりではあるだろうが、その言葉に嘘はないだろう。

カイルのワクワクとした顔からもわかる。

ディーンの視線が、俺からカイルへと移った。

「そうか。興味があるか。明日、早朝鍛錬をするつもりだが参加するか？」

「はい。ぜひ参加させてください」

カイルは背筋を正し、元気よく答える。

「うちの早朝鍛錬はかなり厳しいぞ。大丈夫か？」

顔を窺うディーンに、カイルがニヤリと笑う。

「望むところです」

そこから始まったディーンとカイルの鍛錬談義に、ターゲットから逃れた俺はこっそり安堵した。

「カイルが引き受けてくれて良かった」

「命拾いしたな、フィル」

ポンと肩を叩くレイに、俺はコックリと頷いた。

4

一通りの寮案内が終わり、招待客たちには一旦部屋で待ってもらうことになった。

学校長たちとミカが到着して全員が揃ったら、寮の裏手にある広場に彼らを招き、歓迎会を開く予定になっている。

部屋に戻るディーンたちを見送り、寮長は俺たちを振り返った。

「皆、案内を手伝ってくれて、ありがとうな。ミカ君たちの案内は歓迎会が終わった後に俺がやるから、テイラたちはもう自由に過ごしていていいぞ」

そう言われて、俺はカイルたちと顔を見合わせる。

「どうしようか？　時間まで誰かの部屋に行くか、もしくは談話室で待つ？」

首を少し傾けて尋ねた俺に、カイルは頷いた。

「そうですね。歓迎会が始まるまで、そんなに時間もかからないでしょうし」

「僕は特に用事はないから、皆に合わせるよ」

シリルが微笑んで言うと、すかさずレイが手を挙げた。

「じゃあさ、ちょっと早いけど、会場を見に行かないか？」

「歓迎会の会場に？」

目を瞬かせる俺に、レイは「そうそう」と頷く。

「ライラとアリスちゃんが、歓迎会の係を張り切っていただろ。気になってさ」

そういえば、昨日学校で会った時も、明日の準備があるからって二人ともすぐ帰っちゃったよな。

「いいね。僕、行きたい！」

レイの提案にトーマはすぐさま乗ったが、カイルは眉を寄せて唸る。

「だが、早くに行ったら準備の邪魔にならないか？」

「あっ……そうだよね」

トーマは途端にシュンとする。すると、話を聞いていた寮長が小さく笑った。

「大丈夫だろ。むしろ、もう準備が終わってないとまずい。……そうだな。じゃあ、行って作業が終わってない場合は、俺に連絡をくれないか？　招待客を連れて行く時間を、こちらでも調整しないといけないから」

「それってつまり……、進捗確認だったら会場を見て回ってもいいと？」

レイが寮長を窺いつつ尋ねる。すると寮長は、そんなレイの額をつついた。

「そうだよ。案内役を手伝ってもらった礼だ。でも、俺の名前で入るんだから、問題は起こすなよ」

レイは満面の笑みで、大きく手を挙げた。

「はーい！　わかってます！　もし遅れているようなら、即座に連絡を入れます！　いやぁ、寮長は男前だなぁ」

「まったく調子良いな」

浮かれるレイを見て、寮長は深いため息を吐いた。

寮を出ると、先ほどまでは置かれていなかった『歓迎会会場はこちら』という立て看板があった。

看板には矢印が書いてあって、裏手の広場へと続く小道に誘導している。

小道の植木はリボンで飾りつけがされており、会場へと続く道であることがすぐわかるようになっていた。

進んだ先の広場の入り口は、蔓薔薇が絡みついたゲートアーチ。

アーチの横に『ようこそステアへ』という立て看板が置いてある。

「作業は……終わっているみたいだな」

「うんうん。綺麗に飾りつけられてる」

「皆、頑張ったんだね」

レイとトーマとシリルがキョロキョロと会場を見回す。

三人の言う通り、会場の飾りつけはほとんど終わっており、軽食やお菓子や飲み物もすでに用意されているようだった。立食形式と聞いていたが、座って食べるためのスペースも設けられている。

「あの横一列に並んでいる椅子はなんだろう？」

シリルが指さすほうに視線を向けると、リボンや花で過度に装飾されたカウンターチェアが七脚並んでいた。座るところに、ふわふわのクッションも載せられている。

「うっわぁ、ずいぶん派手な椅子だな。誰が座るんだ？」

「特別感があるねぇ」

レイとトーマが言って、楽しそうに笑う。

よく見ると、その七つの椅子の奥には、ベンチとサイドテーブルもいくつか置いてあった。

こっちも飲食スペースかな？　でも、明らかにその空間だけテイストが違う。

やたらと可愛らしいファンシーな飾りつけは、一際目立っていた。

「う～ん、謎だ。その隣の場所も気になるし……」

ファンシースペースの隣には、白い布で覆い隠されている大きな物体がある。

「形からいって、平台かな？　だけど、どうして隠しているんだろうね」

「ガーデンパーティー会場に、壇上があるのも珍しくないですか？」

そう言って、カイルが特設されたステージを指さす。

「出し物をやるとか？　あっちには的当て(まとあ)ゲームもあるね」

とにかく、一般的なガーデンパーティーにはあまり見かけないものばかりだ。

あちこち気になるものがいっぱいある。

アリスたちに聞いたら、教えてくれるだろうか。

会場を見回してアリスたちを探していると、ふとあるところに視線が留まった。

お菓子が置かれているテーブルの下に、黒いもふもふがいる。

黒いもふもふ……黒い……黒。

「えぇっ⁉」

黒いもふもふといったら、思い当たるのは一つしかない。

おそらくこの世界において、唯一無二の黒い獣。

闇の王(ディアロス)と呼ばれる、グレスハート王国の伝承の獣。

いや、だけど、まさか……。

「フィル様、どうかしましたか？」

カイルが俺の視線の先に目を向けながら尋ねる。

「ちょっと確認してくる！」

俺はテーブルまで一気に走ると、その下を覗き込んだ。

振り返った黒いもふもふは、クッキーをサクサクと咀嚼(そしゃく)しているコクヨウだった。

本来は小山ほどの大きさだが、今は子狼の姿になってもらっている伝承の獣である。

口元から可愛らしいサクサク音が聞こえ、俺はどっと脱力する。

「コ～ク～ヨ～ウ～」

俺の気配にはすでに気がついていたらしく、発見されてもコクヨウは別段驚いた様子もなかった。

クッキーを食べ終えて、口元をペロリと舐める。

「何でここにいるわけ!?」

俺の問いに、コクヨウは悪びれた様子もなく答える。

【味見だ。匂いがしていたので来てみた。ん～、まぁまぁな味だな。悪くはないが、お前のクッキーのほうが美味(うま)い】

「……そうですか」

つまみ食いしておいて、味の感想とは……。

「部屋を抜け出してつまみ食いしてたの？」

【味見だ】

まだ言い張るか。

俺はため息を吐いて、テーブルの下から出て来たコクヨウを抱き上げる。

後から追いかけて来たトーマたちは、コクヨウを見て驚く。

「え？　どうしてコクヨウが？」

「フィル様、これは……。今、召喚した……わけではないですよね」

俺の表情を見て、カイルは全てを察する。

「部屋から抜け出して来たみたい。今の部屋は三階だから、他の子はいないと思うけど……」

今日召喚して部屋にお留守番させているのは、ダンデラオーという神様の末裔（まつえい）のランドウと袋鼠（ふくろねずみ）のテンガ。あとはお目付役として精霊のヒスイがいる。

ヒスイがコクヨウ以外を、外に出すことはないだろうけど……。

もしランドウまでいたら、姿を消す能力を持っているから探すのは一苦労だぞ。

焦る俺に、コクヨウはフッと鼻で笑う。

【騒がしいのを連れて来るわけなかろう。今頃、部屋で悔しがっているだろうさ】

じゃあ、ランドウとテンガは部屋にいるのか。それは良かったけど……。

地団太を踏んでいるランドウの姿を想像して、俺は頭が痛くなる。

これはお土産を持って帰らないと拗ねる案件だな。

「コクヨウ、留守番してるのが寂しかったのかな？」

「フィル君の召喚獣たちは皆良い子だから、一緒に連れて歩いても大丈夫じゃない？」

コクヨウを見て微笑むトーマとシリルに、俺はクッと唇を噛む。

トーマ、シリル、違うんだよ。

コクヨウは寂しいからじゃなくて、つまみ食いしたくて来たんだよ。

それに良い子だったら、そもそも勝手に部屋を抜け出したりなんかしない。

俺がそれを言おうとした時、ふいに後ろから声をかけられた。

「あれ？　フィル先輩たち、どうしたんですか？」

俺たちが振り返ると、そこには一年のティオ・ジョイルが立っていた。

ティオは大きな商家の子で、ライラのお婿さん候補だった少年だ。

結局その話は立ち消えとなったのだが、ティオのほうは商人としての実力を見せれば、まだチャンスがあると思っているみたいなんだよね。

そして、その商売の仲間に俺を勧誘してくる。

断っても断っても、「次こそ良い返事をもらえたら嬉しいです！」と言って諦めてくれない。

まさに暖簾に腕押し状態である。

「げ、ティオも歓迎会の係だったのかよ」

顔を顰めるレイに、ティオはくすくすと笑った。

「傷つくなぁ。顔を合わせただけで、そう嫌そうな顔をすることないじゃないですか」

「よく言うぜ。全然応えてないくせに。まさか、ライラが歓迎会の係だから、自分も立候補したわけじゃないよな?」

レイがじろりと睨むと、ティオは濡れ衣だという顔で首を横に振る。

「違いますよ。こういった準備や品物の手配は、商売のいい勉強になるんです。僕が係じゃなかったら、きっと料理の品数がもっと少なかったはずですよ」

そう言って、少し得意げにテーブルに載ったお菓子や料理を指し示す。

「え……。も、もしかして、ティオって料理の準備係?」

おそるおそる尋ねる俺を見て、ティオは少し不思議そうな顔をする。

「はい。そうですけど」

「ご……ごめん。コクヨウがお菓子を食べちゃったみたいなんだ」

準備担当者ならばこの事実を告げ、謝罪しなければならない。

「あ、本当だ。クッキーが少し減ってる」

「ごめんね。足りないっていうなら、代わりのクッキーを用意するから」

俺が頭を下げると、ティオは身を乗り出す。

「フィル先輩の手作りですか？」

その勢いにちょっと驚きつつ、俺は首を横に振る。

「え？　あ、ううん、違うよ。作り置きはないんだ。今から焼いたら時間がかかっちゃうから、カフェで売っているものだよ」

普段は動物用のクッキーを作るついでに、友達と一緒に食べるクッキーも焼くのだが、ここ最近は準備が忙しくて焼けていない。もう少し時間に余裕があれば焼いてもいいのだが、歓迎会の開始までには間に合いそうになかった。

俺が否定すると、ティオは残念そうな顔で笑った。

「そうですか。ありがとうございます。お気持ちだけで結構です。不測の事態を想定して、お菓子は多めに用意してあるので大丈夫ですよ。それを出せばいいですから」

「あ、そうなの？　良かったぁ」

俺は安堵して、ホッと胸をなで下ろす。

すると、レイはじとりとティオを睨みながら言う。

「フィルのクッキーだったら、もらうつもりだったろ」

「え？　そうなの？」

俺がティオを見上げると、ティオはにこっと笑う。

「だって、フィル先輩の美味しいクッキーですよ。個人的に欲しいに決まってるじゃないですか」

「よくもまぁ、悪びれもせず……」

そう言って、レイはピクピクと口元を引きつらせる。

「レイ先輩みたいにいつも分けてもらえないんだから、たまにはいいでしょう」

「手に入れる方法が問題だって言ってんだよ」

言い合いを始める二人に、カイルがため息を吐く。

「二人ともその辺でやめろ。レイは寮長に問題を起こすなって言われてるだろ」

「……わかってるよ」

それでもまだ少し不満なようで、レイは口を尖らせる。

うーん。俺としては、個人的に食べるだけなら分けてもいいんだけど……。

ここでそんなこと言おうものならレイが怒りそうだし、ティオもますます勧誘を諦めてくれなくなりそうだしなぁ。

俺は目を瞑って、どうしたものかと悩む。

すると、隣にいたトーマがポツリと呟いた。

「あ、毛玉猫だ」

俺はパチッと目を開けて、キョロキョロとあたりを見回す。

「え！　毛玉猫？　どこ？　もしかしてホタル!?」

【ホタルは今、召喚しておらんだろうが】

抱っこされたままのコクヨウが、呆れ口調で言う。

あ……そうだった。あぁ、びっくりした。

一瞬コクヨウみたいに、部屋から抜け出して来たのかと思った。

だけど、その脱走したコクヨウに指摘されたのは、なんか悔しい。

「ホタルじゃなく、あれはブラッドリー姉弟の毛玉猫たちですね」

カイルが指し示したのは、先ほどの謎のスペースの一つ。

可愛らしくデコレーションされた、七つのカウンターチェアが並ぶ場所だった。

そこにいたのは、一年のキアン・ブラッドリーと、三年のイリーヌ・ブラッドリー。

そして、足元には彼らの召喚獣である七匹の毛玉猫たちがいた。イリーヌ先輩の毛玉猫が三匹、キアンの毛玉猫が四匹だ。

ふわふわ毛玉猫がいっぱいで可愛いなぁ。グレスハートの毛玉猫の里の皆を思い出すよ。

同じ種の動物と多頭召喚獣契約するのは、最近では珍しいんだよね。

最新の召喚学研究で『人の持つエナの量によって、使役する召喚獣の種類や数が限られる』ということがわかっているからだ。

今だと、同じ種・同じ能力の動物は、一匹か二匹というのが一般的だという。

だけど、ブラッドリー姉弟は毛玉猫のみにこだわっていた。

それだけ毛玉猫が好きってことなんだろうなぁ。

キアンは一度、俺のところに毛玉猫たちを連れて来て見せてくれたことがあるんだよね。

毛玉猫愛と、ブラッシング談義に花を咲かせて、有意義な時間を過ごしたっけなぁ。

「七匹の毛玉猫と七脚の椅子……。あの椅子は毛玉猫用ってことかな？」

小首を傾げるシリルに、ティオは頷いた。

「今回の歓迎会で、皆が殺到するところかもしれませんよ」

皆が殺到？　可愛い毛玉猫たちがいっぱいいるからかな？

そんな推測をしていると、ティオはキアンたちのいるスペースを手のひらで指し示す。

「ゆっくり見られるのは今だけかもしれませんから、行ってみませんか？　ご案内しながら説明します」

そう言って、俺たちの返事も待たずにティオは歩き始める。

「案内なんかいらないのに……」

「まぁまぁ、せっかく説明してくれるって言ってるし、気になるから行ってみよ」

不満そうなレイの背を押して、俺たちはティオの後を追いかける。

「それで、あの場所はどういったところなんだ？」

カイルの問いに、ティオは説明を始めた。

「あの場所は、毛玉猫の能力を利用した場所なんです」

火属性の毛玉猫は、自分の周りをあたためる能力を持っている。

「つまり、能力であたたかくしたところ？」

俺が尋ねると、ティオは笑顔で頷いた。

「ええ。今は太陽が出ていますし、今日はとてもあたたかい日ですけど、風が吹いたらやっぱり少し肌寒いでしょう？　体が冷えた人は、あの場所で体をあたためるんです」

ぽかぽかの空間に、たくさんの毛玉猫たち。

あぁ、なんて幸せな空間だろうか。

「可愛い毛玉猫がいて、さらに心も体もぽかぽかになれるのはいいね」

「この時期のガーデンパーティーは、長い時間いられないもんね」

強く頷く俺とシリルに、ティオは小さく笑う。

「きっと気に入ると思いました。毛玉猫の能力以外にも、肩掛けストールの貸し出しを行ったり、あたたかい飲み物を出したりするみたいですよ」

それはいい。猫カフェならぬ、毛玉猫カフェだな。

説明を聞いているうちに、俺たちは毛玉猫スペースに到着した。

パステルカラーの装飾で統一され、毛玉猫が描かれたクッションやパネルがあった。

毛玉猫が座るであろうカウンターチェアの横には、毛玉猫と遊ぶための猫じゃらしが置いてある。

本当に猫カフェみたいだ。

「キアン、イリーヌ先輩」

ティオは手を挙げて、声をかける。

しかし、彼らは振り返ることなく毛玉猫に話しかけ、リボンを結んだりブラッシングしたりしていた。

「リボンをつけてあげるわ。ほら、もっと可愛くなったわよ」

「はぁ、うちの子たちは可愛いなぁ。来てくれる人たち皆、虜になっちゃうぞぉ」

カイルがキアンたちを指さして、俺に言う。

「毛玉猫たちに夢中で、こっちに気づいていないようですね」

「そう……だね」

気づいているのは毛玉猫たちだけだ。

【キアン！　フィル先輩たち来てるよ】

【イリーヌ、後ろ見てぇ】

【はわぁ、コクヨウさんがいるにゃ】

「はいはい。あと少しでブラッシング終わるから、もうちょっと我慢してなぁ」

【もう、違うってばぁ！】

気づいてくれないキアンたちに、一生懸命「にゃふにゃふ」と訴える。

「ふふふ。にゃふにゃふ鳴いていて可愛い」

ちょっと焦った様子なのも、さらに可愛かった。

俺がほっこりしていると、コクヨウが鼻息を吐く。

【我としては騒がしいがな】

すると、毛玉猫たちが一斉に口をつぐんだ。どうやらコクヨウの呟きが聞こえたようだ。

一回会わせたことがあるから大丈夫かと思ったんだけど、コクヨウの気配がまだ怖いのかな。

「ん？　どうしたんだ？　急に大人しくなって。後ろに何か……」

毛玉猫たちの様子を不思議に思ったキアンが、何気なく振り返る。

「わっ！　え！　フィ、フィル先輩⁉　こ、こここ、こんにちは！」

慌ててお辞儀をするキアンに、俺はにっこり笑って挨拶をした。

「こんにちは。キアン、イリーヌ先輩」

「あら、こんにちは」

イリーヌ先輩は薄く微笑んだ。

ブラッドリー姉弟はライトブラウンの髪にエメラルドグリーンの瞳、顔もそっくりで、背丈も同じくらいだった。

二歳差であることを知らない人には、必ず双子かと間違われるほどだ。

性別以外で違うところといったら、キアンは表情豊かで、イリーヌ先輩はあまり表情を変えないことくらいだった。

「歓迎会にはまだ早いわよね？」

無表情で首を傾げるイリーヌ先輩に、レイがズイッと前に出て優雅にお辞儀をする。

「準備の途中でしたら申し訳ありません。歓迎会の進捗を確認する任務を、寮長から仰せつかりまして」

舞台役者のような気障な言い方だ。

しかし、イリーヌ先輩はそれをスルーして、グレーの毛玉猫を撫でる。

「準備は終わっているのよ。仕上げも終わったから、あとはこの子たちを待機させるだけ」

【頑張るにゃ】

撫でられながら、グレーの子が「にゃう」と鳴く。

毛玉猫はグレーの子の他に、赤茶、クリーム色、キジトラ、サバトラ、茶トラ、茶白がいた。

イリーヌ先輩の毛玉猫は全身一色模様の子たちで、キアンの毛玉猫は柄のある子たちだ。

ちなみに毛玉猫は多少容姿に差はあるものの、どの大陸にもいる。

キアンたちの毛玉猫たちはグラント大陸に棲息している毛玉猫で、毛がほんの少しカールしているのが特徴だ。

「丁寧にブラッシングされてますね、ふわふわだ」

「うんうん、皆とても綺麗だねぇ」

「毛並みが素晴らしいね」

俺やトーマやシリルが褒めると、キアンは顔を綻ばせた。

「フィル先輩から以前分けていただいた、日干し王子印のブラッシング水のおかげです！　おかげでうちの子たちは、こんなに毛艶が良くなりました！」

キアンはそう言って、キジトラの子に顔を埋める。

褒められたキジトラの子は、照れつつも「にゃふ～」とちょっと自慢げだ。

キアンの言うブラッシング水とは、人にも動物にも使えるように開発した髪用化粧水のことだ。

毛の絡まりをとき、静電気などで傷んだ毛を保湿する効果がある。

毛玉猫の柔らかな毛は静電気が溜まりやすいから、予防の面でもこの時期のお手入れには必要だ。

「お役に立てたようで良かったよ」

召喚獣を可愛がる仲間として、おすすめ品を喜んでもらえたのはとても嬉しい。

今開発している肉球保湿クリームも、出来上がったらあげようかな。

「そういえば、テイラ君。今日はホタルちゃんいないの？」

イリーヌ先輩は俺が抱っこしているコクヨウを一瞥（いちべつ）し、それからキョロキョロと俺の周りを見回す。

「僕も、あの奇跡の毛並みを拝見したいです」

キアンも一緒になって、ホタルの姿を探し始めた。

【我だけでは不満と言うか】

ムッとするコクヨウの頭を、俺はヨシヨシと撫でて宥める。

コクヨウは大変可愛いのだが、彼らのお気に入りは残念ながらホタルなんだよね。

「今、召喚しますね。……ホタル」

召喚されたホタルは、キアンたちの毛玉猫を見て目を輝かせ「ナ～ウ」と鳴いた。

毛玉猫を召喚獣にしている生徒は他にもいるが、一度にたくさんの毛玉猫を集めるのはなかなか難しい。

たくさんの仲間たちに会えて、ホタルは嬉しそうだった。

その喜びが伝わってきて、俺は頬を緩める。

挨拶したホタルに、毛玉猫たちは次々と挨拶を返す。

【皆、こんにちはです】

【こんにちはぁ】

【また会えて嬉しいにゃ】

【お久しぶりぃ】

そうして、「にゃふにゃふ」「にゃんにゃ～」「ナウ～」と会話を始める。

ふふふ、癒されるなぁ。可愛い。

ほっこりしていたら、キアンたちがヒソヒソ話をしているのに気がついた。

「キアン見て！　うちの子たちとホタルちゃんの対面っ！　可愛いわ」

「会話してるのかな？　あぁ！　可愛さを叫びたい！」

「ダメよ。キアン。毛玉猫を驚かせたらどうするの」

「わかってるよ。でも、拝みたくなるような尊さだよ！」

「その気持ちわかるわ！」

キアン姉弟は密集する毛玉猫に向かって、祈りのポーズを取る。

コクヨウが呆れ顔で、キアンたちを見つめる。

【……何やってるんだ、こいつらは】

「大きな声を出して毛玉猫を驚かさないようにしつつ、毛玉猫の可愛さを噛みしめてる……のかな？」

そう推測していると、ティオはコクリと頷いた。

「ですね。キアンとは友人なので、よくこの光景を目にします」

よくこのお祈りをするんだ？

「毛玉猫を前にした時のイリーヌ先輩って可愛いよなぁ」

レイはイリーヌ先輩を見つめて、デレっと目尻を下げる。

……レイは女の子だけしか目に入っていないのだろうか？

「ブラッドリー姉弟は、本当に毛玉猫が大好きなんだな」

驚くカイルの隣で、トーマがひどく共感していた。

「わかる。とってもわかるよ。動物を好きな気持ちも、自分の召喚獣が可愛いって気持ちも止まらないよね！」

トーマは動物マニアだし、召喚獣のエリザベスに蹴られても可愛いって言ってるもんなぁ。

かくいう俺も、動物が大好きだから、彼らの気持ちがよくわかる。

すると、毛玉猫たちに祈りを捧げていたキアンが、ハッとして俺に顔を向けた。

「あの、フィル先輩！　大変厚かましいお願いで恐縮なのですが、ホタルちゃんのお力をお貸しいただけませんか？」

突然のお願いに、俺は目をぱちくりさせる。

「え？　ホタルの力って……もしかして、この場所にってこと？」

俺の問いに、キアンは元気よく答える。

「はい！　ホタルちゃんの光り輝かんばかりの毛並み！　神が与えた愛らしさをぜひこの場所に！」

「私もホタルちゃんとこの子たちが並ぶ姿を、皆に見てもらいたいわ。お願いできないかしら」

イリーヌ先輩は俺に向かって、すがるような目をした。

寒がっている人をあたためるというコンセプトは素晴らしいと思うし、協力できることはしたいけども……。

当のホタルは、どう思っているのだろうか。

ホタルに視線を向けると、ホタルはキラキラした目でこっちを見ていた。

【ボクやってみたいです。皆のお話聞いたら、楽しそうだったです】

毛玉猫たちから、すでに猫カフェの話を聞いていたらしい。

召喚獣たちは能力を使って主人の役に立つことを喜びとしているし、同じ種族の仲間と一緒に何かをやってみる機会も少ないもんな。

何より、ホタルがこんなに主張することも珍しい。

「わかりました。ホタルもやる気みたいですから、協力します」

俺が承諾すると、イリーヌ先輩は安堵の息を吐き、キアンは勢いよく頭を下げる。

「ありがとうございます！」

「でも、キアン。今から用意して間に合うのか？」

不安を口にしたティオに、レイも渋い顔で言う。

「確かに、椅子を用意できたとして、一脚だけ飾りつけされてなかったら違和感が出ちゃうよなぁ。

その問題をどうにかしないと」

カウンターチェアは七脚。それぞれの毛玉猫に合うように、異なった装飾がされている。

飾りが余っていたとして、ホタルに合う装飾になるかどうか。

しかし、キアンは自信満々の顔で、胸を叩いた。

「大丈夫です！　ホタルちゃんが座る椅子の装飾は、もう準備ができているので！」

もう準備……できてる？

「え？　それはどういう？」

意味がわからなくて尋ねると、イリーヌ先輩が微笑む。

「以前ホタルちゃんに会った後、似合う飾りを作っていたの。ここで役に立つと思わなかったけどね」

「姉さん、作っておいて良かったね！　今こそ、それを使う時！」

キアンはグッと握り拳を作って、それを高々と掲げる。

そんなキアンの姿に、キアンの毛玉猫たちは【キアンかっこいい～！】【さっすがぁ！】と声を上げる。

さすが……なのかな？

なぜ作っていたのかが、ちょっと疑問なのだけど。

「姉さん、部屋にある飾りを取ってくるよ！」

「私は新しい椅子の設置と、配置の見直しをしておくわ！」

テキパキと動き始めたブラッドリー姉弟を見て、カイルが不安そうに聞いてきた。

「どんなのなんでしょうね」

「……わかんない」

とりあえず、なるべく主張の少ない飾りであることを願う。

それから、バタバタと慌ただしく飾りつけ、歓迎会予定時刻の少し前にどうにか毛玉猫スペースの準備が終わった。

「間に合って良かったぁ」

「終わらないかと思いましたね」

完成した毛玉猫スペースを見て、俺とカイルは脱力する。

だんだんブラッドリー姉弟のこだわりが暴走し始めて、本当にどうしようかと思った。

「それにしても、すごいものができましたね」

ティオがホタルの座る椅子を、上から下まで眺める。

真っ白なレースのリボンとパステルカラーの布製の造花が飾られ、背もたれには真っ白で大きな鳥の羽根が放射線状に広がっていた。

これ……孔雀(くじゃく)だな。羽根を大きく広げた白い孔雀。

「派手ですね」

本音を漏らすカイルの言葉に、俺はコックリと頷く。

白を基調としているのに、とてもゴージャスだった。

「フィル先輩どうでしょう。ホタルちゃんの真っ白な毛並みに負けない、美しい装飾じゃないですか？」

「太陽の光で白が際立って、とても綺麗にできたと思うの」

感想を求めるブラッドリー姉弟の圧に、俺はぎこちない笑顔を返す。

「そ、そうですね。とても素敵です」

「ですよね。ですよねぇ！」

「そうよね！　そう言ってくれて嬉しいわ」

俺の返事を聞いて、キアン姉弟は満足そうに頷く。

実際に、本当にとても素敵だと思う。

派手さはあるが、優美さと品を兼ね備えた装飾で素晴らしかった。

そしてその椅子にチョコンと座るホタルも、リボンとお花がつけられて、とても可愛くなっていた。

だけど、何て言うか……、このホタルの姿って……。

「毛玉猫の神様みたいだな」

ぼそりと呟くレイに、トーマがほんわかと微笑む。

「うんうん。神様みたい」

……やっぱり、そう見えるの俺だけじゃなかったんだ。

「ご利益ありそう」

冗談とも取れない真面目な顔で言うシリルに、キアンたちが満面の笑みで頷く。

「あるかもしれないですね！」

「そうね！　これだけ可愛いんだもの！」

言うが早いか、ブラッドリー姉弟はホタルに向かって祈り始めた。

「普通の毛玉猫なんで、祈るのやめてください……」

確かに、放射線状の白い羽根に太陽光が反射して、後光が差したみたいに神々しいけどさ。

うちにはすでに、ランドウというダンデラオー神の末裔がいるのだ。これ以上神様は増えて欲しくない。

俺が脱力していると、足元にいたコクヨウがチラッと俺を見た。

【普通か。……まぁ、普通かもな】

……何、妙に気になる言い方して。

そりゃあ、ホタルは希少な能力二種持ちの毛玉猫だし、転がって移動する。

だけど、それ以外は普通……だよね？

俺が小首を傾げた時だった。後ろから「きゃー！」と高い声がする。

「毛玉猫がいっぱーい！」

「わぁ、可愛いぃ」

可愛いもの好きのライラとアリスがいた。

アライグマに似た姿の、ライラの召喚獣であるナッシュもいる。

【ふぉぉ、すごいわぁ。ホタル、ずいぶん派手に飾りつけられてるやん】

相当驚いたのか、「ふぁぁ」と口を開けたままホタルを観察する。

【頭にリボンとお花もつけてくれたです】

もじもじするホタルに、ナッシュは頷く。

【よぉ似合ってるわ！　で……コクヨウさんはやらないんか？】

ナッシュが顔を向けると、コクヨウはフンと鼻を鳴らした。

【誰がやるか】

【中身はともかく、見た目は可愛いからいけると思うんやけどなぁ】

ボソッと呟くナッシュを、コクヨウが睨む。

【何か言ったか？】

【なんも言うてないですぅぅ】

ナッシュは慌ててライラの陰に隠れ、ブンブンと首を横に振る。

俺もリボンをつけた子狼は、きっと可愛いと思うんだよね。

まぁ、それで不機嫌になったら、キアンたちの毛玉猫たちを怖がらせちゃうから言えないけど。

そんなことを考えていた俺に、アリスが話しかける。

「ねぇ、フィル。こうしてここに座っているってことは、ホタルもお手伝いすることになったの？」

「あ、うん。そうなんだ。キアンに頼まれてね。ホタルもやる気だし」

【ボク、頑張るです！】

ホタルは大きな声で「ナ~ウッ!」と鳴く。

言葉がわからなくとも、その意気込みは通じたらしい。その愛らしさに、皆が頬を緩める。

「ホタルちゃんもいるんじゃ、ますます人気が出そうね。アリス、ナッシュ。私たちも頑張るわよ!」

「ええ、そうね!」

【そうやな! 一緒に頑張ろな、お嬢!】

ホタルに触発されたライラがガッツポーズを作り、アリスたちも気合いを入れる。

「頑張るって言ったって、確かライラたちって記念品を配る担当だろ? あとはもう配るだけじゃないのか?」

眉を寄せるレイの言葉に、ティオも考え込む。

「そうですよね。現段階では記念品はもうできているはずですし……」

すると、ライラは口元に手を当てて「ふふふ」と笑う。

「まぁ、配ったあとでいろいろあるのよ。……って、今思ったけど、レイとティオが一緒にいるなんて珍しいわね」

ライラが意外そうな顔をすると、レイは大きなため息を吐く。

「話の流れで案内してもらっただけ。それで、その記念品はどこにあるんだ?」

「もう設営準備はできているのか?」

続けてカイルも尋ねると、ライラは隣のスペースを指さした。

「私たちの担当場所はここの隣よ。もう準備できているわ」

隣といえば、大きな布に覆われた物体が置かれているもう一つの謎スペースだ。

ここがライラたちの担当場所だったのか。

「布で隠されているのが記念品？」

隣をチラッと見て聞くと、アリスはポケットから薄い木の板を取り出した。

どうやら木製のしおりのようだ。

上部中央の小さな穴に革紐が結ばれており、裏表に焼き鏝（ごて）でステア王立学校の紋章が押されている。

「ステア王立学校敷地内の木を材料にして、作られたしおりよ。これにちょっとしたおまけをつけて、袋詰めにしたものがあの下にあるわ」

「ちょっとしたおまけって？」

俺がさらに質問すると、ライラはにんまりと笑った。

「ふふふ、あとで教えてあげる」

【坊（ぼん）、今は内緒や】

ナッシュも肩を揺らして、「ククク」と笑う。

……怖い。

「な、中身が気になる」

「おまけって何だろ」

トーマとシリルが喉を鳴らし、カイルとレイが訝しげな顔で尋ねる。

「何を企んでいるんだ？」

「ただで配るんだよな。まさか商売は始めないだろ？」

「ふふふ、あとで教えてあげるってば。それに、説明している時間はもうないみたい。もうすぐ歓迎会が始まるもの」

ライラは笑いながら、歓迎会会場入り口のアーチを指さす。

そちらに目を向けると、シーバル・ゼイノス学校長やステアの先生、生徒たちが会場へ入って来るところだった。寮長の案内で、ドルガドとティリアの招待客の姿も見える。

その中には、あのミカの姿もあった。

「良かった。ミカ先輩も到着したんだね」

シリルの言葉に、俺は笑顔で頷く。

ミカはリンと談笑しながら歩いていた。その様子から、謝罪することができたのだとわかる。

穏やかな彼の顔を見ることができて、俺はホッと息を吐く。

すると、隣にいたカイルが、ミカを見つめて言う。

「対抗戦の時に比べると、ずいぶん体を鍛えたみたいですね。一回り体が大きくなっています」

「……本当だね」

遠目からでも、わかる。背も伸びてるし、体格も良くなっていた。

「びっくりだよね。僕も夏休みにドルガドに帰郷した時、ミカ先輩に会って驚いたんだよ」

そう言って、シリルは無邪気に笑う。

どちらかといえば、ドルガドのメンバーの中ではひょろっとした印象だったのに。

シリルも休み明けに背が伸びていたし、何で皆そんなに立派に育っているんだ。

オルコット家の道場で鍛錬すると、背が伸びるのかな？

カイルも同様に、そんなミカの変わりようが気になったのだろう。

「ミカの体格がだいぶ変化したのは、オルコット家の道場で鍛えたからか？　何か特別な訓練を行っているのだろうか」

尋ねられたシリルは、難しい顔で考え込む。

「毎日、真面目に鍛錬していたみたい。でも、道場では基礎鍛錬や模擬戦くらいで、特別なことは……。あ、時々父さんの剣術の指導を受けていたかな。父さんの指導、兄さんより厳しいんだよね」

シリルはその厳しい指導を思い出したのか、困ったような顔をする。

剣豪グレイソン・オルコットの指導……。

心優しい人だけれど、仁王（におう）様みたいに怖いあの顔は忘れられない。

剣豪の厳しい指導か……。ミカも頑張ったんだなぁ
「それは相当鍛えられるだろうな。あれほど成長するなら、一度ご指導願いたい」

カイルは羨ましそうな目で、ミカを見つめる。

成長……俺も体験させてもらったほうがいいのかな。

歓迎会が始まり、ゼイノス学校長が歓迎の挨拶をする中、俺は真剣に悩んでいた。

5

ステージの上ではシーバル・ゼイノスステア中等部学校長が、歓迎会の挨拶をしていた。

「このたびの見学会によって、ステア・ドルガド・ティリア三校の絆を、より深めたいと心より願っております。なお、この歓迎会は生徒たちが招待客の皆様をもてなすため、企画し用意したものです。ぜひ楽しんでくだされ」

学校長の挨拶が終わり、拍手と共に歓迎会が始まる。

ライラたち歓迎会係の生徒が担当場所へつくと、他の生徒たちはざわめきながら散り散りに移動を始める。

ただ、ドルガドとティリアの招待客たちは、改めてゼイノス学校長やステアの先生方に挨拶して

いるみたいだ。

ミカと話したかったけど、もう少ししてからのほうが良さそう。

そんなことを思っていると、隣にいたトーマがステージを見て呟く。

「へぇ、朗読劇やるんだぁ」

見れば学校長と入れ替わる形でステージに上がった吹奏クラブと演劇クラブの生徒たちが、朗読劇の準備を始めていた。

ステージ脇に置かれた演目看板を見ると、どうやらアルメテロス物語をやるらしい。

ステア王立学校の紋章にもなっている、三つの頭を持つアルメテロス（知の王）。

困っていた人間に知恵を授けてまわったという、伝承の鳥である。

面白そう。物語の内容は知っているけれど、生演奏つきの朗読劇は初めてだ。

「ねぇ、朗読劇観る？　あ、あっちで的当てゲームが始まったみたい。迷うなぁ」

のほほんと目移りしているトーマに、レイはそわそわしながら言った。

「朗読劇はまだ準備しているし、ゲームもあとででいいだろ。それよりも先にライラのところへ行こうぜ。もう人だかりができてる」

「え、もう？」

驚いて俺たちが振り返れば、レイの言う通り、記念品の受け渡し場所には人がたくさん集まっていた。

その隣の毛玉猫スペースも、すでに人の列ができている。

「うわぁ、始まったばかりなのにもういっぱいだ」

記念品も毛玉猫カフェも、皆気になるもんね。

「ライラたちが何を計画しているのか、説明してもらいに行くぞ！」

今にも駆け出しそうなレイに向かって、俺は慌てて声をかける。

「ごめん、レイ！　先に行ってて。僕はホタルのところに寄ってから、他を見て回りたいから」

ホタルは人懐っこい性格だから、怖がってはいないと思うけど、一度様子を見てこなくちゃ。

俺がコクヨウを抱き上げると、子狼は不満げな目をこちらに向ける。

【我もか？　まだ食べておらん菓子を、食べねばならんのだが】

全種類制覇に使命感を持たないで欲しい。

「コクヨウは僕と一緒だよ。お菓子はたくさんあるから、すぐにはなくならないよ」

【本当だろうな】

絶対という自信はないけど、別行動させるわけにはいかない。

放したら最後、ティオが用意したストックまで食べてしまいそうだ。

「フィル様、俺も一緒に行きます」

カイルが言うと、レイはシリルとトーマの腕を掴んだ。

「じゃあ、シリルとトーマは俺とな！」

「えっ⁉　あ、う、うん」

シリルは戸惑いつつも頷き、トーマはため息を吐いた。

「僕も毛玉猫を見に行きたいけど……。しょうがないか。ライラのほうも気になるもんね」

三人は記念品の受け渡し場所へ、俺とカイルはホタルのところへと向かった。


毛玉猫スペースは、毛玉猫の椅子の後ろ側に体をあたためたい人用のベンチ、前側に毛玉猫と遊びたい人のための場所が設けられていた。

遊ぶ時間は決まっていて、時間制で入れ替わるシステムになっている。

あたたかいハーブティーを飲みつつ、遊ぶ毛玉猫を眺め、皆ほっこり幸せそうだ。

本当に毛玉猫カフェに来ているみたい。

順番を待って中に入ると、毛玉猫との遊び方を指導していたキアンがこちらに気がついた。

「あ、フィル先輩、ホタルちゃんの様子を見に来てくれたんですか？」

「うん。盛況だね」

「そうなんです！　毛玉猫の可愛さをわかってもらえたらと企画しましたが、こんなに仲間がいるとは思いませんでした」

キアンは興奮した様子で、ぶんぶんと猫じゃらしを振り回す。

毛玉猫たちは一生懸命、目でその猫じゃらしの動きを追っていた。

今にも飛びかかっちゃいそうだな。

そんなキアンたちに、俺はクスクスと笑う。

この世界にもいつか毛玉猫カフェのお店ができそうだ。

「では、ホタルちゃんのところへご案内します」

キアンと一緒に向かうと、ホタルは三年生の女子の先輩たちに遊んでもらっていた。

俺に気がついて「ナ〜ウ」と甘えた声を出す。

【フィルさま〜。皆が遊んでくれるです】

「遊んでもらえて良かったね」

嬉しそうに尻尾を振るホタルの頭を、ヨシヨシと撫でる。

楽しそうに遊んでるし、このまま預けても心配はなさそうかな。

安堵していると、ホタルの前にいる先輩たちが俺に話しかけてきた。

「フィル君、ホタルちゃんと遊ばせてくれてありがとう！」

「いつも遠目でしか見られなかったから、とっても嬉しい！」

「一緒に遊びたいなって思っていたの」

「まさか、可愛いホタルちゃんと遊べる日が来るなんて！」

彼女たちの勢いに圧倒されつつ、俺は微笑んでお礼を言う。

「こちらこそ、ありがとうございます」

ホタルを褒めてもらえるのは、素直に嬉しい。

「近くで見ると、こんなに神々しいのね」

「本当、輝いて見える」

「あ、いや、それは椅子の飾りの効果なので……」

俺が訂正していると、カイルがふとあたりを見回した。

「カイル、どうかしたの？」

「いえ、準備していた時と、椅子の配置が少し違うなと思いまして」

そう言われてみたら、ホタルだけ中央寄りにいるような。

「そうなの。ホタルちゃんだけ位置を調整したのよ」

ハーブティーを配り終えたイリーヌ先輩が、通りがかりに会話に入ってきた。

「調整？　どうしてですか？」

「私たちの毛玉猫より、ホタルちゃんの能力のほうが広範囲だったものだから。全体をあたためるには、移動させたほうがいいと思って。それにここの位置は、一番目立つでしょう？」

これ以上目立って欲しくはないんだけど。いや、それよりも気になるのは……。

「ホタルの能力って、他の子より広範囲なんですか？」

俺が確認すると、イリーヌ先輩は少し意外そうな顔をする。

「知らなかった？　同じ種族でも能力に多少差が出るものだけど、ホタルちゃんは特に広範囲みたい」

能力の差なんて、全く意識したことがなかった。

そもそも他の毛玉猫と、能力を比べようと思ったことがない。

そんなに違いがあるとも思わなかったし……。

「二種類の能力持ちだからでしょうか？」

カイルの推測に、俺は考え込む。

ホタルは氷と火の二種類の能力持ち。充分あり得る。

でも、前からそんなに能力が強かったかなぁ？

じっとホタルを見つめていると、イリーヌ先輩が俺の肩をポンと叩いた。

「ホタルちゃんと離れるのは不安でしょうけど、安心して。休憩はこまめに取るし、体調管理も充分気をつけるわ」

「責任をもってお預かりしますのでお任せください！」

キアンはにっこり笑って、胸を叩く。

「よろしくお願いします。何かあったら呼んでください。ホタルも頑張ってね」

【はいです！】

ホタルに手を振って、毛玉猫スペースを後にする。

隣の記念品受け渡し場所は、先ほどより多くの人でにぎわっていた。

最後尾に並んで、俺は息を吐く。

「まさかホタルの能力が、他の子より強いとは思わなかったなぁ」

「そうですね。グレスハートの毛玉猫の森に遊びに行った時も、能力比べとかしたことありませんでしたもんね」

唸るカイルに、コクヨウがフッと鼻で笑った。

【グレスハートにいた頃なら、まだそこまでの差はなかったかもしれんぞ】

「どういうこと？」

小声で尋ねると、コクヨウはチラッと俺を見上げる。

【国にいた頃より、ホタルの能力が高くなっているということだ。ま、多少能力値が上がろうが、我にしてみたら微々たる範囲ではあるが】

ホタルの能力値が上がってる？

「成長期ってこと？」

俺が小首を傾げると、コクヨウに呆れた顔をされた。

【フィルの召喚獣になったからだ。フィルの気は極上だからな。それを摂取しているホタルが、他の毛玉猫より能力が上がるのは当然というもの】

「「はぁっ!?」」

思わず大きな声が出た俺とカイルを、他の生徒たちが何事かと振り返る。

「な、何でもないです」

「気にしないでください」

俺たちはへらっと笑ってごまかす。

召喚獣は『エナ』と呼ばれる、主人が発するオーラを摂取している。

俺のエナが極上だというのは、コクヨウに聞いたことがあるが……。

栄養が多いから、能力値が上がったってことかな。

【その証拠に、フィルの召喚獣になってから、テンガたちの能力成長が早いだろう】

つまり、成長期かなと思っていたけど、俺のエナが関係しているってこと？

確かに、テンガの空間移動の能力が開花したのは、俺の召喚獣になってからわりとすぐだ。

光鶏（こうけい）のコハクの光や、ランドウの姿を消す能力も、だんだん威力が増している。

言われてみたら、ウォルガーという種類のルリの飛行速度や、氷亀（こおりがめ）のザクロの冷えも増しているような……。

そこまで考えて、俺はハッと息を呑む。

「あぁ！　どうしよう、カイル。ザクロは冷凍庫の中で気合いを入れて踊ると、冷えが増すって思ってるみたいなんだ。このこと内緒にしとくべきだよね」

慌てる俺に、カイルが脱力する。

「気にするのはそこですか。ザクロには伝えにくい事実ではありますが、それよりも気にするのは

「コクヨウさんやヒスイさんのことでしょう」

……そうだ。動揺しすぎて、その部分を失念していた。

他の子の能力が上がっているならば、それはコクヨウやヒスイにも言えるんだ。

俺がおそるおそる胸に抱くコクヨウを見下ろすと、可愛い子狼はニヤリと笑った。

【我は召喚獣になってから、まだ最大級に能力解放をしたことがない。影響を受けているのかどうかわからん】

魔獣と戦った時も、本気じゃなかったのか？

解放したらいったいどうなるんだ。

だけど、今の話じゃコクヨウがエナの影響を受けているかわからないのか。

コクヨウとヒスイは、もともと特別な存在だからなぁ。

俺のエナを摂取したくらいじゃ、そんなに変わらないのかな。

俺が唸っていると、コクヨウはふと思い出した様子でつけ足した。

【あ、ただ、体の治癒能力は上がっているみたいだな。ボルケノと戦った時のかすり傷は、すぐ治った】

じゃあ、コクヨウも影響受けてるじゃん！

衝撃的事実にめまいを感じ、ふらりと傾（かし）いだ俺の体をカイルが支える。

「フィル様、大丈夫ですか？」

「大丈夫だけど、大丈夫じゃない」

カイルはコックリと頷いて、絞り出すような声で言う。

「……お気持ちお察しします」

そういえば、昔ホタルが寝ぼけたコクヨウに噛まれた時、すぐに噛み跡がなくなったもんなぁ。

気のせいかと思って、すっかり記憶の隅に追いやっていた。

ぽふっとコクヨウの頭に顔を埋めた俺は、大きく深いため息を吐く。

「フィル君！」

ふいに名前を呼ばれて顔を向けると、ミカがこちらに歩いて来るのが見えた。

ミカだけでなく、その後ろには招待校の生徒たちと、ティリアのマリータ・リグネ学校長、ドルガドのゾイド・ブルーノ学校長もいた。

「テイラ君、グラバー君。こんにちは」

「二人とも対抗戦以来ですね。元気にしていましたか？」

学校長二人の挨拶に、俺とカイルはぺこりとお辞儀をする。

「こんにちは、マリータ学校長、ブルーノ学校長」

「お久しぶりです」

ブルーノ学校長とはお茶を飲みつつ話をしたことがあるが、マリータ学校長と直接話をするのは初めてだ。

相変わらず女優さんみたいに華やかなオーラの美人さんだなぁ。

正確な実年齢は知らないが、在任期間を考えると五十代くらいだとレイが言っていた。けど、とてもそうは見えない。自信に満ちた佇(たたず)まいが、そう感じさせるのだろうか。

見た目に関していえば、ブルーノ学校長もそうだ。

細身で柔和な顔つきだから一見文系っぽいけど、学校長に就任する前はいくつもの功績をあげるほどの武人だったらしい。怪我をして一線を退きはしたが、今だって数人まとめてうち伏せることができる腕の持ち主だって噂だ。本当に人は見かけによらないよね。

すると、挨拶が終わったタイミングを見計らって、ミカがおずおずと前に出て来た。

「フィル君、カイル君。久しぶり」

「久しぶり。ようこそステアへ。歓迎するよ」

俺が微笑むと、ミカは泣きそうな顔で笑った。

「ありがとう。……ここに来るまでに、他のステアメンバーとティリアメンバーには謝罪してきたんだ。皆……許してくれた」

「そうか。本当に良かったね」

俺は心から安堵して笑う。

先ほどのリンたちの様子なら大丈夫かと思っていたが、改めてホッとする。

きっとミカはステアに来て皆と会うのだって、勇気がいっただろうしなぁ。

謝罪を受け入れてもらえて本当に良かった。

ミカは深呼吸をして、意を決した顔で俺とカイルを見つめた。

「君たちにも改めて謝罪と、感謝をしたい。対抗戦の時、僕は他の人に嫉妬(しっと)し傷つけようとした。ただ自分が未熟で弱かっただけなのに、それを認められなかったんだ。あの時のことを思い出すと今でも苦しいし、皆が僕のことを思って助けてくれなかったらと思うと怖くなる。……本当にごめんなさい。手を差し伸べてくれて、ありがとう」

そう言って、ミカは俺たちに頭を下げる。

「ミカが頑張ったからだよ。君が変わろうと努力しなきゃ、何も変わらなかったと思う」

俺はミカの肩に手を置いて顔を上げさせ、優しく微笑んだ。

「だが、変わったからこそ、自分のしたことに苦しむこともあると思う。過去は消せないから、頑張り続けるしかないんだ」

カイルは、ミカを通して自分に語りかけるかのように言った。

カイルにも消せない過去がある。だからか、ミカの苦しみがよくわかるみたいだった。

「うん。そうだね」

ミカはきゅっと口を引き結び、深く頷く。

ブルーノ学校長はそんなミカの隣に立ち、優しく背を叩いた。

「ミカを招待してくれたゼイノス学校長やデュラント生徒総長、その判断を受け入れてくれたステアヤティリアの皆さんにはとても感謝しています。他校の文化に触れて、彼もさらにいろいろなことを学ぶでしょう」

「はい。いろいろなことを学び、成長しようと思っています」

ミカは背筋を正し、強い眼差しで言った。

うん。ミカならきっと成長するだろう。半年で見違えるくらい立派になったんだから。

もっともっと成長して……成長……背……。

「成長と言えば、前より背……伸びたよね」

俺は姿勢の良くなったミカを見上げる。

遠くからでも思ったが、近くで見るとその成長っぷりがよくわかる。

「そうだね。家を出て悩み事が少なくなったからかな？」

自嘲気味に笑って、それから少し考えてから言う。

「あとは……グレイソン様の道場に通い出したことが大きいね。学校と寮以外の時間は、ずっと道場で鍛錬しているから。毎日疲れて泥のように眠っているよ」

俺だって毎日ぐっすり眠っているのに。

やはり成長の秘密は、オルコット道場なのか。

いや、通わずとも学校と寮以外の時間を鍛錬に当てれば…………。

無理だ。すぐに肉体的、精神的に限界を迎えそうう。

そもそも、オルコットマッスル道場に通ったら、成長促進するとはまだ決まってないし。

俺の望みは身長が高くなることで、筋肉もほどほどで充分だしね。

俺が貧弱な自分を擁護していると、隣にいたカイルが「いいなぁ」と声を漏らした。

「鍛錬三昧の毎日。羨ましい」

……眩しいくらいに目が輝いている。

このままだと、カイルがマッスル道場に入門しちゃうな。

すると、カイルの呟きを聞いて、ディーンが前に出てきた。

「今度の長期休暇に鍛えに来てもいいぞ。お前たちなら大歓迎だ！」

熱い勧誘。いつもそんなに前に出てくるほうじゃないのに……。

しかも、何気に俺も頭数に入れられてない？

「い、いえ、カイルはともかく僕は遠慮します。長期休暇は家の手伝いで忙しいですし」

嘘ではない。今度の休みはアルフォンス兄さんの結婚式準備がある。

鍛錬に耐えられる自信がないから、お断りする理由があって良かったぁ。

ホッとする俺の隣で、カイルは残念そうに眉を下げる。

「すみません。同じく長期休暇は予定があって……」

ごめんよ、カイル。

しょんぼりしている様子を見ていると胸が痛い。

「そうか。もし来られる暇ができたら教えてくれ」

ディーンが俺の肩にポンと手を載せて言う。

「わ、わかりました」

軽く触れる程度なのに、なぜだかズシリと重く感じた。

「そういえば、皆さんは会場をどう見て回る予定ですか？」

カイルが尋ねると、ディーンはミカをチラッと見て言った。

「いや、予定を立てる前にミカがフィルたちを見つけたからな。まだ考えていない」

「ここ記念品受け渡しの列なんですけど、皆さん一緒に行きますか？」

「友人たちが担当しているところなんです。シリルはもうすでに先に行ってますよ」

俺とカイルが言うと、ディーンがピクリと反応する。

「では、記念品をもらいに行くか」

真面目な顔で俺の後ろに並ぶディーンを見て、マッテオが情けない顔をした。

「いやいや、まずは食い物が先だろ」

「記念品をもらってからでいいじゃない。それが終わったら、私は隣の毛玉猫たちを見に行くつもり。ほら、一緒に遊んだり、お茶を飲んだりできるみたいよ」

ルディが毛玉猫スペースを指さすと、マッテオは眉を顰める。

「毛玉猫ぉ？　それよりメシだろ」

「ぽかぽか可愛い毛玉猫のほうが癒されるでしょ。ねぇ、リンちゃんもそう思うわよね？」

同意を求めるルディに、リンは頭を抱える。

「ルディさんの言うように可愛いものは大好きだから毛玉猫には興味あるけど、テーブルのデザートも捨てがたいぃ。うぅ〜ん」

リンちゃんと、ルディさん？

俺が目をぱちくりとさせると、サイードが言った。

「学校案内で一緒に話をしているうちに、仲良くなったんだって。女子寮でも暴れなかったらしいよ。心配事が減って、本当に良かったよ。はははは」

サイードの目は笑っておらず、口から出る笑いも乾いていた。

そんなサイードの様子を見て、カイルが俺に囁く。

「言葉に反して、何だか寂しそうですね」

「そうだね」

悩みの種がなくなって晴れ晴れしているのかと思ったんだけど、気持ちはちょっと複雑なようだ。

「あれ……ホタルがいる」

小首を傾げるイルフォードの言葉に、サイードが毛玉猫スペースに視線を向ける。

「ホタル？　ああ、フィル君の召喚獣か。あのフワフワ真っ白い毛玉猫だよね。対抗戦の時に見たことがある」

「そうなんです。歓迎会の間だけ預けることになって」

「うわぁ、一番目立ってんなぁ」

口をあんぐりと開けるマッテオに、俺とカイルは口元を引きつらせる。

やっぱり一番目立ってるよねぇ。

「ホタル、可愛いね。白い羽根飾りも毛色にとても合ってる」

イルフォード先輩がふわりと微笑み、マリータ学校長もそれに頷く。

「優美で品があって、とても良い椅子の装飾ですわね」

どうやらブラッドリー姉弟の飾りつけは、イルフォードとマリータ学校長のお眼鏡にかなったようだ。

「ありがとうございます。椅子の飾りつけは、担当者のブラッドリー姉弟がしてくれたんです」

俺が説明していると、ディーンが不思議そうに尋ねる。

「そのフィルの毛玉猫だが、一匹だけ皆に祈られてるのは何か理由があるのか？」

「祈……え！　皆に⁉」

驚いて、俺とカイルは再びホタルのほうを振り返る。

様子を見ていると、生徒たちは猫じゃらしで遊ぶ前後に、ホタルに向かってお祈りを捧げていた。

……まるで猫じゃらしを使った何かの儀式みたい。

誰かが始めた方法を、後続の人が真似したのだろうか。

とても自然な流れで参拝されている。

「フィル君の毛玉猫だから、美味しいものにまつわる幸運が訪れそうだよねぇ」

ワクワク顔のリンに、俺は慌てて首を横に振る。

「な、ないですよ。普通の毛玉猫ですから。祈らないでいいですからね」

コクヨウもフンと鼻を鳴らして、少し胸を張る。

【そうだ。ホタルはあくまでも毛玉猫。ホタルなぞに祈るくらいなら、ディアロスである我にプリンでも捧げたほうがまだましだ】

……そういうこと言いたいわけじゃないんだけどな。

「あ、列の前が空きましたよ！　皆さん、まずは一緒に記念品をもらいに行きましょう」

話を逸らすためか、カイルが前方を指さし、少し強引に皆を列に招き入れる。

ホタル参拝が完全に定着する前に、キアンたちに言ったほうがいいのかなぁ。

俺とカイルが考え込んでいるうちに、最前列へ到着した。

列を抜けた先で、ライラとアリスとナッシュが出迎えてくれる。

「フィル君とカイル君、招待客の皆さんと一緒に来てくれたのね。招待客の皆様、ようこそ。記念品受け渡し所担当のライラ・トリスタンと申します」

「皆さま、ようこそステア王立学校にいらっしゃいました。アリス・カルターニです」

ライラとアリスが丁寧にお辞儀をし、ナッシュが二本足で立って前片足を挙げる。

【今から記念品配るから、良い子に並んでな！】

彼女たちの後ろには大きな平台があって、その上にはたくさんの小袋が並んでいた。

しおりとおまけが入っている記念品の小袋だ。

「ナッシュ、わかっているから、足をぺちぺち叩くなよ」

【レイ坊、頼むで】

レイとトーマとシリルが急かされるように平台の記念品を自分の持つ手提げ籠に移し、そこから生徒たちに配り始めた。どうやら記念品を配るお手伝いをしているようだ。

「ライラたちのお手伝いをしているの？」

「偉いじゃないか」

俺とカイルが感心すると、レイが手提げ籠を抱えてこちらにやって来た。

「違うんだよ。フィルたちが来るまで、手伝えって言われたんだよ。おまけの件はそれまで秘密だって。急いで来たのにひどいだろ」

「何言ってるのよ。忙しいのにぼうっと立ってるほうがひどいわよ」

「ぼうっとって……」

言い返そうとするレイを、アリスが優しく宥める。

「レイたちのおかげで、列も落ち着いて助かったわ。ありがとう」

「え、そう？　いやぁ、アリスちゃんのお役に立てたなら、全然良いんだよぉ」

ライラは腕組みをして、目尻を下げるレイの顔を半眼で見つめる。

「ひどいのか良いのか、どっちなのよ」

「本当だよねぇ」

トーマがくすくすと笑いながら、俺とカイルに記念品の小袋を渡す。

「ありがとう、トーマ」

ディーンやミカは、シリルから記念品を受け取ったみたいだ。

「ライラ、配り終えたぞ。フィルが来たなら、もう開けてもいいだろ」

レイが聞くと、ライラは小さくため息を吐く。

「ええ、いいわよ。招待客の皆さんも、気になる方はどうぞ」

俺たちは受け渡し場所の端に寄り、皆で袋を開けた。

開けた途端、ふんわりと木とハーブの香りがする。

まず皆が取り出したのは、歓迎会前に見せてもらった木のしおりだ。

「しおりか。学問のステアらしい」

「ステア王立学校の校章の焼き印が押されていますね」

ディーンとブルーノ学校長が、しおりを見て呟く。

「そのしおりは校内の木材を利用して作りました。それから簡単にではありますが、ステア王立学校設立の歴史が書かれた小冊子と、おまけも入っています」

アリスの説明を聞きながら、俺は中を覗き込む。

手のひらサイズの小冊子を取り出すと、細かい文字で学校の歴史が綴られていた。

そして残された袋の隅に、紙に包まれた四角い物体が見える。

大きさは縦三センチ、横五センチ、厚さ一センチほどだ。

「わぁ、石鹸だぁ！」

包まれた紙の端をめくって、リンが嬉しそうに言った。

おまけって石鹸だったのか。だけどこれって……。

「グレスハートの石鹸……？」

俺の呟きに、ティリアとドルガドの生徒たちが一気にざわめく。

ライラは少し驚いた顔で、手を叩いた。

「当たり！　よくわかったわね。さすがフィル君！」

そりゃあ、一応この石鹸の開発者だもん。

石鹸を開発する際に、香りは特にこだわった部分だ。間違えるわけがない。

「えぇ！　これって、あのグレスハートの石鹸なの!?」

ルディが飛び跳ねて喜び、サイードが目を大きく見開く。

「記念品の袋の中に入っているってことは、これをもらえるんだよな。いいのか？」

「ええ、記念品ですので、どうぞ持ち帰って使ってください」

ライラがにっこりと微笑むと、ドルガドとティリアの生徒たちからどよめきが起こる。

「おまけなのに豪勢だな」

「小さくしてあったとしても、ちょっと高級品すぎると思うが……」

レイとカイルが心配そうにしていると、ライラは「ふふふ」と笑う。

「大丈夫よ。輸送中に商品が欠けてしまったり、傷ついてしまうことがあるでしょ。このおまけは、トリスタンの倉庫に眠っていた商品として出せない品を、試供品サイズにしたものなの」

つまり、B級品だったものを、試供品にしたってことか。

こちらの世界は舗装されていない道も多く、天候や湿度、様々な条件により商品が破損してしまうことはよくある。それにより、到着までに商品の価値が下がってしまうものもあった。

「まぁ、日干し王子印の石鹸はトリスタン商会最高の輸送技術で慎重に運んでいるから、そういった品はほとんど出ないんだけどね。その数少ない品を、今回特別におまけとしてつけたわけ。ちなみにこの件は、グレスハート国王陛下にも承諾していただいているわ」

へぇ、すでに父さんにまで話をつけてるんだ？

どのように売るかは商人の自由だが、今回のような無料の場合は少し特殊と言える。

トラブルが起こる前に、グレスハートに話を通したらしい。

「贅沢な試供品だなぁ。多少欠けていたって、石鹸として使えるだろ。安く売って損失を埋めることもできただろうに」

レイが石鹸を見つめて呟き、招待客たちも「確かに」と頷く。

実際品質を損なった商品は、価格を下げて販売することがほとんどだ。

すると、ライラは自分の胸に手を置き、レイに向かって穏やかな微笑みを見せた。

「私、素晴らしい商品を開発したグレスハートの王子様を、とても尊敬しているの。トリスタン商会を信用して販売許可をいただいたのに、欠けた商品で儲けて日干し王子印の名を落とすわけにはいかないわ」

その尊敬している王子様って……俺のことだよね？

ライラは俺の正体を知らないから、仕方のないことなんだけど、目の前でべた褒めされると顔が熱くなってくる。

ライラがそんなに日干し王子を、リスペクトしているとは思わなかったな。

いや、そういった話をしているのを、以前聞いたことはあるけど……。

まさか日干し王子ブランドの名を、守ろうとまで考えてくれているとは思っていなかった。

「時には損をしてでも、作った人が築き上げた看板を守らなければいけないこともあるのよ」

聖女のごとき笑顔を向けられ、レイはブルッと背筋を震わせて俺の後ろに隠れた。

「損をしてでもって……。目の前にいるの、本当にライラか？」

レイは怯え、トーマとカイルも驚いている。

もちろん普段のライラを知っている俺もびっくりだ。

ライラは損することを、何よりも嫌うのに。

すると、マリータ学校長はライラに向かって拍手をした。

「素晴らしいですわ！　我がティリアは織物の国、腕の良い職人がたくさんおります。その方たちは商品の品質を向上させるため、常に努力をしておりますわ。商会のお嬢さんが作り手のことを考えてくださること、大変嬉しく思います」

「ありがとうございます。私は将来、女性商人を目指しておりまして、トリスタン家を継ぐため、ここステアで商学を学んでおります。女性の憧れであるマリータ学校長にそう言っていただき、大変光栄ですわ」

堂々と答えるライラに、ティリアやドルガドの皆が感心する。

「ステアには優秀な生徒が多いんですね。ドルガドには商売だけの授業はないですし、いろいろと学ぶことが多そうです」

ブルーノ学校長は頷きながら、感嘆の息を吐く。

すると、石鹸を見つめていたティリアの生徒たちが、マリータ学校長に言った。

「マリータ学校長。ティリア王立学校も日干し王子印の石鹸を入荷しませんか？」

「定期購入ならトリスタン商会が安くしてくれるらしいですし」

「見てください。石鹸でイルフォード先輩がつやつやピカピカなんですよ」

イルフォードを手のひらで示すティリア生たちに、ルディもブルーノ学校長に向かって大きく手を挙げる。

「ドルガドも石鹸を入れましょう！　ブルーノ学校長。鍛錬で埃だらけになることが多いんですから、良い石鹸でピカピカになりたいです！」

生徒たちの真剣な訴えに、学校長たちは苦笑する。

「そうですね。前向きに検討しましょう」

「私もこの場ですぐに決められませんが、入荷を考えます」

この場での契約とはならなかったが、かなりの好感触だ。上手くすれば、契約してくれるかもしれない。

盛り上がるドルガドとティリアの生徒たちを見ながら、レイがライラに小声で話しかける。

「ライラ、これが狙いだったのか」

ライラはきょとんとして、小首を傾げる。

「これって？」

「しらばっくれるな。このおまけ、契約の後押しだろ。ライラが損してでもなんて、絶対おかしいと思ったんだ」

それを聞いてトーマと俺は驚き、小声でライラに尋ねる。

「え、そうなの!?」

「じゃあ、日干し王子の件も嘘⁉」

もし嘘だったら、感動してた分ショックなんだけど。

すると、ライラの隣にいたアリスが、二校に聞こえないよう声を落として言う。

「嘘じゃないわ。ライラが王子様を尊敬しているのも、商品の価値を落とさないようにしているのも本当よ」

アリスの言葉に、ライラは「うんうん」と頷く。

「価値を下げたくないから安く売れないけど、そのまま倉庫に眠らせておくのももったいないじゃない？　だから、試供品として使ってもらって、良い方向に行ったらなって思っただけよ」

ライラは声を潜めつつ言って、ニコっと笑う。

「なるほど、良い方向かぁ……」

仮に石鹸の定期購入契約が取れずとも、石鹸を家に持って帰った生徒もしくはその家族が、個人的に購入する可能性がある。さらに、石鹸を使った感想が周りに広がれば、トリスタンとしてもグレスハートとしても良い宣伝になる。まさに良いことずくめ。

「ライラ頭良いぃ」

「さすがライラだな」

トーマとカイルが感心すると、ナッシュが自慢げに鼻をこすった。

【損して得取れってことやな。さすがお嬢！　商売人の中の商売人や！】

その時、突然ライラがハッとして、未だ盛り上がっているティリアとドルガドの皆に声をかける。

「皆様。ちなみに隣の毛玉猫たちは、日干し王子印の新商品であるブラッシング水を使用しているんですよ。人間にも動物にも使える品です。隣にお立ち寄りの際は、よくご覧になっていってください」

ライラが接客スマイルで伝えると、マリータ学校長やルディの目の色が変わった。

「その新商品を買いたい場合は、どこで手に入るの？」

詰め寄るルディに、ライラは口元に手を添えてひそひそと囁く。

「ティリアとドルガドの城下町に、トリスタン商会のお店があるんです。そちらで……」

「なるほど、大変求めやすいですね」

「ありがとうございます」

マリータ学校長の目が煌めき、ライラが口角を上げて笑う。

すごい。石鹸ばかりか、新商品の宣伝までしてる……。

やましいことはないはずなのに、なんか裏取引のようだ。

「まずは毛玉猫を見に行きましょう」

「マリータ学校長、お供します！」

マリータ学校長の呼びかけに、ルディとリン、数人の生徒がついていく。

残されたマッテオたちは、食べ物のところに行くようだ。

ディーンとミカが俺たちを振り返って、同時に尋ねる。

「シリルたちも一緒に行くか？」

「フィル君たちも一緒にどう？」

ぴったりのタイミングに思わず笑って、俺たちはコクリと頷いた。

6

ドルガドとティリアの代表生徒と学校長たちがステアに到着し、歓迎を受けた翌日。

ステア王立学校中等部の見学会が始まった。

この見学会は、前回の対抗戦で結ばれた友好を継続させるべく、三校で始めた交流会だ。

だが、それと同時に他国の文化に触れ、他校の良き点を学ぶ重要な場でもある。

俺——ディーン・オルコットもドルガド代表の一員として、しっかり学ばなくてはと気合いを入れていた。

まぁ、実際には見学会が始まる前から、すでに衝撃を受けていたがな……。

ステアにしかない寮内設備、生徒たちが考えたという自由で独創的な歓迎会の出し物。

昨日一日ですでに、学校が違えばこんなにも違うものかと驚かされた。

特にオフロという新しい様式の沐浴施設には、驚嘆したな。

石鹸など洗えればどれも同じだと思っていたが、さすがグレスハート産の石鹸だ。

いつも使っているものは何だったのかと思うくらい、洗い上がりが全く違った。

洗い場や浴槽もよく計算して作られており、大人数で使ってもまるで窮屈さを感じさせなかった。

岩と木の浴槽を交互に堪能していたら、ずいぶんと長湯になってしまったほどだ。

昨夜、心なしか寝つきが良かったのは、文化的衝撃の大きさによる疲労か、それともオフロの効果だったのだろうか。

いずれにしても、まだまだステアに驚かされることがありそうだ。


見学会の案内役は、マット・スイフ先生と生徒総長のライオネル・デュラントだった。

スイフ先生は対抗戦の時の探索で、審判者を務めていらしたので覚えている。

見知った教師やデュラントを案内役にしてくれたのも、我々への気遣いだろう。

午前中は校舎内施設の説明を受けつつ、一般科目や選択科目の授業を半刻ずつ見学した。

それが終わると、中等部の校舎内にある食堂で昼飯を食べることになった。

昼食は一度寮に戻って取るのかと思ったが、午後も見学は続くのでこちらに準備してくれたらしい。

寮の食事が美味しかったので少し残念だったが、学食も同じくらい美味そうだ。

「はぁぁ、ようやくメシだぁ」

昼飯の並ぶテーブルを見つめ、マッテオは目を潤ませる。

「お腹が空いたのはわかるけど、泣くほどなの？」

くすくすと笑うルディに、マッテオがパンを頬張りながら斜め前を指す。

「何ぶぁよ。俺だふぇじゃないだろ」

示されたところを見れば、そこには口いっぱいに食べ物を詰め込み、頬を膨らませているリンがいた。

小動物みたいにもぐもぐ口を動かしながら、幸せそうな顔で涙を浮かべている。

「リンちゃん……。まぁ、リスみたいで可愛いけど」

ルディは口元に手を当てて、肩を震わせて笑う。

そんなルディの反応に、マッテオは眉間にしわを寄せた。

「おい、笑うな。多分、俺と同じで、頭を使ったら腹が減るんだよ」

「二人とも真剣に授業を聞いていたもんね。そこは偉いと思うわ」

「マッテオにしては珍しいよな」

マッテオは座学の授業となると、よく居眠りをする。

その間の学習は当然抜けているから、試験前になると俺たちが面倒を見る羽目になる。

鍛錬で疲れているとはいえ、俺たちがいなかったら中等部卒業もどうなっていたか……。

マッテオは声を落として、俺とルディに囁く。

「いくら俺だって、さすがに学校長がいる席じゃ寝られねぇよ。国に帰ったら、レポート提出しろって言われてるしさ。それに、実験とか面白かったから、全然眠くならなかった。でも、集中してると疲れるなぁ。見学した科目数も結構あっただろ」

面白い授業ばかりだったので、俺にはあっという間に感じたが、確かにこの午前中だけでも結構な数を見学したかもしれない。

一般科目は、語学・数学・社会学の三科目。選択科目は加工・商学・召喚学の三科目。

もうすでに、六科目も見学したのか。

だが、今日の午後も調理と剣術の見学があるし、明日も数科目見学の予定があるという。

ステアの授業は、全部でどのくらいの科目数があるのだろうか。

すると、サイードも似たようなことを考えていたのか、スイフ先生たちに向かって尋ねる。

「ステアはずいぶんと選択科目の数が多いんですね。驚きました」

サラダを食べていたスイフ先生はフォークを置き、穏やかな顔で微笑む。

「ああ、そうですね。選択科目は十一科目。一般科目の三科目と合わせると、十四科目になります」

「じゅ、十四……。そんなに科目が……」

マッテオはボソッと呟き、他の生徒たちもゴクリと喉を鳴らす。

表情を強ばらせる彼らに、スイフ先生は慌てて補足する。

「全部受講するわけじゃありませんよ。生徒たちが実際に受講する選択科目数は、平均して七くらいです」

「だけど、一般と合わせると十科目もあるんですねぇ」

しょんぼりするマッテオに、スイフ先生が申し訳なさそうに言った。

「単位が足りなくなっちゃうと、留年ですからねぇ」

マッテオたちの様子を見て、デュラントがクスッと笑う。

「選択科目数が多いのは、ステア王立学校の特性のせいです。ステアには王族や貴族の子だけでなく、農家の子や商人の子、職人の子などがたくさん通っています。また、研究者や薬師志望の子など、専門的な知識を求める生徒もいます。彼らの将来に役立つよう、専門的な科目が学べる環境になっているんですよ」

「薬師志望なら薬学と自然学、農家志望なら自然学や天文学、職人志望なら加工と商学といったように、いろいろ組み合わせて学ぶことができます。まぁ、一見将来の職種と関係ないような分野でも、ふいに役に立つこともありますから、生徒たちには自由に取ってもらいたいですけれど」

そう言って、スイフ先生は優しく微笑む。

なるほど。いろいろな生徒たちの将来に対応できるよう、様々な選択科目があるってことか。

ステアの話を聞いて、ブルーノ学校長が話し始める。

「ドルガド王立学校は、一般を含め十一科目です。我が校の生徒は貴族や騎士の子供たちが多いので、必須科目の中に剣術や体術が入っています。また、その他に弓術や槍術など武術の専攻科目も別にあります」

「座学は少ないんですか？」

スイフ先生の質問に、ブルーノ学校長は低く唸った。

「単独というより、兼ねている科目が多いですね。例えば野営学がありますが、自然学と薬草学、天文学と調理がひとくくりになっています。ステアの方々に言わせたら、学問の知識として足りないかもしれませんね」

野営学は野営戦に役立つ知識を学ぶ科目だ。

いろいろなことを広く学ぶことはできるが、それぞれの分野を深く掘り下げてはいない。

「ティリアも似たようなものです。一般科目の他は、服飾系や芸術関連の選択科目がほとんどですから。経営を学ぶための商学の授業はあっても、ステアの商学ほど実践的な内容ではありません。あの授業は大変勉強になりました」

マリータ学校長の言葉に、ティリアの生徒たちが興奮気味に頷いた。

「驚きましたよね！　生徒が実際に屋台を経営したりするなんて」

「どんな商品にするか考え、材料を集めて作り、それを販売する。実際に体験することで、見えてくることがありそうですよね」

「座学で学ぶよりとてもわかりやすくて、何より面白そうでした」

ティリアは貴族や騎士家でも、織物工場を所有する者や、服飾職人と契約して店を持っている者がいると聞く。

新しい商学の授業方法は、とても興味深く感じたようだった。

「僕は召喚学が面白かったです」

次に声を上げたのは、ドルガドの生徒だった。

確かにあの授業は面白かったな。

ドルガドでは自分の武術を極めることも大事だが、戦闘を助ける召喚獣のことも重要視している。

それゆえ、うちの学校で武術の授業の次に人気なのが召喚学だ。

「エナ草の存在は知っていましたが、実際に見られるなんて思わなかったです」

「あんなに簡単に、人のエナを調べることができるんですね」

皆食べることも忘れ、楽しそうに話す。

それだけステアの召喚学で見たエナ草の実験は、大変興味深いものだった。

人の持つエナの量で契約できる召喚獣の質と数が決まり、人のエナの性質と召喚獣の属性の相性が良いと力が増す。これはセイム・ルーバル先生が唱え始めた説で、今では召喚学の定説となりつつある。

そして、エナ草は自然界にあるエナに反応して育つ植物で、人のエナを調べる方法として用いるのに最適だという。

それらについては学校で教わったことがあるが、実際にエナ草やその種を見たことはなかった。

ブルーノ学校長はフォークを持つ手を休め、スイフ先生に言う。

「私も正直驚きました。まさかすでに、エナ草の実験を授業に組み込んでいらっしゃるとは思いませんでしたから。エナ草が種から育っていく課程を実際に目にすることができて、大変感動しております」

珍しく高揚した様子のブルーノ学校長に、スイフ先生は微笑んだ。

「ステアでは大事な基本は押さえつつ、新しい研究や実験方法を授業に取り入れています。また、座学だけでは生徒たちも飽きてしまうので、研究や実験、体験学習や校外授業などを行っています。そうした取り組みは生徒たちにも刺激になるようで、楽しく勉強に励んでくれるんです」

「ええ、わかります。ステアの生徒や見学をしたこの子たちの反応を見ても、良い刺激になっていると思いますわ。発明家としても有名なボイド先生や、召喚学の重鎮でありながら革新的な研究をなさるルーバル先生を招いているのはそのためですね」

納得した顔で息を吐くマリータ学校長に、デュラントはニッコリ笑って頷いた。

「はい。商学のカウル先生、鉱石学のシエナ先生、ここにいらっしゃるスイフ先生……他にもたくさん素晴らしい先生がいらっしゃいます。午後に見学予定の調理と剣術の先生の授業も、とても面白いですよ。楽しみにしていてください」

まだ面白い教師がいるのか。

それに剣術……。シリルの剣の才能を伸ばした先生がいる。

いったいどんな授業をやっているんだろう。

逸る気持ちを抑え、俺は魚のソテーにかぶりついた。


昼食を終え、予鈴と共に見学会が再開された。

午後一番の見学は、選択科目の調理の予定だ。

「こちらが調理室です」

デュラントが扉を開けると、授業を受けていた生徒たちがこちらを見てざわめく。

「いらっしゃったわね。皆は作業工程を確認しておいてね」

教壇にいた人物が生徒たちにそう言い残し、こちらへやって来た。

「ドルガドとティリアの皆さん、ようこそ調理室へ。私は選択科目の調理を教えております、ステイーブ・ゲッテンバーと申します」

鍛えあげられた強靭な体をピンクのエプロンで包み、彼はにっこりと笑った。

その迫力に、圧倒される。

この人物は、対抗戦の交流会の時に見たことがあった。

「あ！　交流会の特設屋台でカレーを配っていた人だっ！　カレーをおかわりさせてくれなかった

から覚えてるっ！」

リンが大きな声で、ゲッテンバー先生を指さす。

その指摘に、サイードが「ひっ！」と声を漏らした。

「指をさすな！　しかも、何て覚え方だ。失礼だろうがっ！」

「申し訳ありません。我が校の生徒が」

慌てて謝罪するマリータ学校長に、ゲッテンバー先生は「うふふ」と笑う。

「あら、構いませんわ。お久しぶりね、二人とも。覚えているわ。カレーをおかわりしたいって泣いてお願いしてきた女の子と、それを止めていた男の子よね。カレーがたっぷりあったらおかわりさせてあげたんだけど、量に限りがあったからできなかったの。あの時はごめんなさいね」

申し訳なさそうなゲッテンバー先生に、サイードはすっかり恐縮する。

「こちらこそ、あの時は大変ご迷惑をおかけいたしました。ほら、リンも謝れ」

促されて、リンも深々と頭を下げる。

「あまりにもカレーが美味しかったから、我慢できなかったんです。ごめんなさい」

「いいのよ。料理をする人間にとって、たくさん食べてくれる子は大好きよ」

そう微笑んだ後、ゲッテンバー先生はリンの横にいたイルフォードに視線を向けた。

「イルフォード君、良かったわね。ティリアの皆と合流できて」

コクリと頷くイルフォードに、サイードがおそるおそる尋ねる。

「あの……イルフォード先輩も、こちらの先生に何かお世話になったんですか？」

するると、ゲッテンバー先生が笑いながら否定した。

「いいえ、違うの。逆よ。私のほうがお世話になったの。ほつれていたこのエプロンを、手直ししてくれてね」

その言葉に、イルフォードもコクリと頷く。

「お礼にケーキをもらった」

「うふふ、お礼としては充分じゃなかったかもしれないけどね。だって、エプロンをこんなに素敵にしてくれたんだもの」

ゲッテンバー先生はエプロンの裾を広げながら、彫像のようにピタリと静止した。

……エプロンよりも、筋肉の見事さが気になるんだが。

「すっげぇ……」

マッテオもその筋肉美に、呆気に取られている。

武人の多いドルガドでも稀に見る肉体だからな。

交流会でカレーを配っていた時も、ドルガド生の間でちょっと話題に上がっていたほどだ。

調理の先生だと言われなければ、武術の先生だと勘違いしていたかもしれない。

調理以外に、個人的な鍛錬でもしているんだろうか。

そんなことを考えていると、デュラントが遠慮気味に声をかける。

「あの……ゲッテンバー先生。授業の様子を見せていただいてよろしいですか？」

彫像と化していた彼は、硬化の術がとけたかのように動き出した。

「あら、いけない。さぁ、教室の後ろに用意した見学席にどうぞ」

手のひらで指し示した教室後方には、横一列に椅子が並んでいた。

俺たちがそこに座ると、ゲッテンバー先生が受講生に向かって手を叩く。

「作業工程は確認できたかしら。確認ができたら、教えた手順通りに調理を始めてね」

その号令と共に、生徒たちがガヤガヤと作業を始める。

「見学の方々が来られているけれど、緊張しないでね。いつも通り、丁寧に、美味しくなるよう心を込めて作ってちょうだい」

「はーい！」

生徒たちの元気な返事に満足げに微笑み、ゲッテンバー先生は俺たちの席へとやって来た。

「何か質問はありますか？」

「受講人数が多いんですね。男女共に人気の科目なんですか？」

マリータ学校長が教室内を見回しながら尋ねる。

教室内には五十人ほどの生徒がいた。ステアは一学年が百人前後と聞くから、半数は受講していることになる。

数で言えば女子のほうが圧倒的だが、男子の数も思っていたより多い。

「前年はこの半分の人数しかいませんでした。こんなに受講者が増えたのは、フィル君の影響ですね」

ニッコリと微笑むゲッテンバー先生に、ブルーノ学校長が目を瞬かせる。

「フィル君……って、フィル・テイラ君のことですか？」

「ええ。彼は入学前から料理を嗜んでいたらしくて、今までにない料理やお菓子を考案するんです。その料理が美味しくて、料理をしたいと思う生徒たちが増えたんですよ」

その理由を聞いて、ブルーノ学校長が納得する。

「そういえば、カレーも彼が考案した野営料理でしたね」

対抗戦の探索時、ドルガドとティリアの食料がなくなるという事件が起こった。

その時、フィルが振る舞ってくれたのがカレーやピザだった。

遺跡の探索の食料といえば干し肉にパンが定番だったから、ちゃんとした料理が出て来てかなり驚いた。

いや、ちゃんとしているどころではない。今まで味わったことのない極上の料理だった。

元対抗戦メンバーたちもその料理を思い出したのか、ゴクリと喉を鳴らす。

「あの時のカレー、美味しかったなぁ」

「ピザをもう一回食べたい」

口々に言っては、大きく息を吐く。

「涙が出るほど、ピザ美味しかったよね。今でも夢に出るんだ、あの夕食」

リンがうっとりと呟き、マッテオはお腹をさする。

「ご飯食べたばかりなのに、腹すいてきたな」

マッテオ、昼食を二回もおかわりしたばかりだろうが。

だが、彼らにとって、それほど印象深い料理だったのはわかる。

俺もフィルの料理に影響された一人だからだ。

それまで食べられれば何でも構わないと思っていた俺だったが、食べたものが己の体作りを助けるとフィルに教わった。

あれ以来、できるだけちゃんとした食事を取るよう心がけている。

「敷地内にある『森の花園』というカフェで、フィル君考案のパンケーキが食べられますよ。最終日のパーティーには、彼考案の料理もいくつか出ます。それから、明日の学校見学の時にフィル君が企画した催しもあるので、楽しみにしていてください」

デュラントの言葉に、皆から控えめな歓声が上がる。

「今日の見学が終わったら、絶対カフェに行こう」

「俺も行く！」

「テイラ君の料理が食べられるんだ」

「パーティー楽しみだな」

「企画ってなんだろう」

「何か美味しいもの食べられたらいいなぁ」

小声で止まることなく盛り上がる生徒たちに、ブルーノ学校長が小さく咳払いをした。

「気になる気持ちはわかりますが、そろそろ見学に集中するように」

注意された生徒たちは、慌てて口をつぐんで受講生たちに視線を向ける。

今日作るメニューはシチューのようだった。

生徒たちを見ていると、とても手際が良い。

分量を量る者、調理器具を用意する者、工程を確認する者など、班内で役割を決めながら動いているみたいだ。

作業が終われば別の作業に移ったり、大変な作業は交代したりと協力している。

「皆、手慣れていますね。ネクタイやリボンの色から見ると、一年生でしょう？」

マリータ学校長の言葉に、ゲッテンバー先生が頷く。

「ええ、そうですね。初めは手元がおぼつかなかった子も、だいぶ慣れました」

一年ということは、調理の選択科目は中等部からだと聞いているから、習い始めて半年も経っていないことになる。

平民の子は家で料理をする機会があるかもしれないが、人数から推測するに貴族や騎士家の子もいるはずだ。

それで、これだけ上達しているのには驚いた。

その時、マッテオの隣にいたルディが手を挙げた。

「あの！　料理をしたことがあるなしで技量に差があると思いますが、どういった指導をしているんですか？」

「一年生の授業は、料理をやったことがない子のレベルに合わせて教えるわ。二・三年生は初めて調理を選択した子を集めて班にして、同様に簡単なレベルから教えるの。慣れてきたら、他の班と一緒に調理するのよ」

微笑むゲッテンバー先生に、ルディはなおも真剣な顔で質問を重ねる。

「実は私、あんまり料理が上手じゃなくて、上達のコツとかあれば聞きたいです」

昨年の対抗戦のこともあり、俺とルディとマッテオは今年から高等部の野営学を選択している。

その中に含まれている調理の授業で、簡単な料理を教わっていた。

とはいっても、材料をそのまま焼くか、鍋にまるごと放り込んでスープにするかくらいだけどな。

しかし、簡単と思われてる作業も、ルディには少し難しいらしい。

出来や味に納得がいかないのか、いつも頭を抱えていた。

「料理を作ったことがないと、怖いとか苦手だとかって気持ちから緊張しちゃう子が多いの。そうすると余計に失敗しちゃうのよね。だから、まずは調理が楽しいことを教えるわ。パンをこねたり、可愛いクッキーを作ったり、初めは作業工程が少なくて失敗の少ないメニューにしてね。自分が作ったものが可愛くて美味しくできたら、楽しくなるでしょう？」

「確かに楽しそうですけど、それが上達のコツなんですか？」

予想していなかった答えだったのか、ルディは目を瞬かせる。

「ええ、楽しかったら何回も作ってみたくなるでしょ。要は慣れることが大事なの。回数をこなしていけば、自ずと手際も良くなるし、分量もわかってくるわ。まぁ、中にはお鍋を爆発させちゃう子とか、独創的な味つけにしちゃう子もいるにはいるけどね」

口元に手を当てて、ゲッテンバー先生が困った顔で笑う。

鍋を爆発……。それは根本的に調理に向いてなさそうだな。

「良かった。まだ鍋を爆発させたことないもの」

ルディはホッと笑顔で胸をなで下ろす。

いや、鍋爆発を基準にしたらダメじゃないか？

そう思ったが、わざわざ水を差す必要もないかと口をつぐむ。

「危険がないよう注意はして欲しいけど、失敗は恐れなくていいのよ。たくさん料理を作って、調理を楽しんで好きになってもらうことが、先生にとって一番嬉しいことなの」

ゲッテンバー先生はにっこり笑う。

ドルガドは武術などの科目が多いから、どうしても勝ち負けを意識してしまうことが多い。

だが、ステアでは楽しんで学ぶことが重要だという考えなのか。

心が優しいシリルには、ステアの教育方針のほうが合っているのかもしれないな。

正直いえば、シリルがステアの中等部を卒業したら、ドルガドの高等部へ戻って来て欲しい気持ちはある。

だが、多分シリルは、そのままステアの高等部に進学するだろう。

見学して感じたが、ステアは学力が高いし、いろいろなことが学べる環境にある。

何より、シリルの性格に合っているからだ。

フィル・テイラがドルガド王立学校高等部に来るなら、シリルも進路変更をする可能性はあるだろうが、フィルが来ること自体まずあり得ないしな。

何せドルガドのディルグレッド国王陛下から直々にドルガド王立学校への転入を誘われたのに、その場で断ったというのだから。

その場にいたというブルーノ学校長から話を聞いた時は、心の底から肝が冷えた。

グレスハート国王が未来を担う人材を国に確保するため、同盟国のステアに留学させた子たちがフィルとカイルらしいが……。そうでなかったら、果たしてディルグレッド国王陛下は諦めていただろうか。

二つの国の王に注目されるほどの優れた才能か……。

「フィルは調理を受けているんですよね？　やはり優秀なんですか？」

俺が尋ねると、ゲッテンバー先生の目が突然カッと見開いた。

「優秀なんてものじゃないわ！　天才よ！　今まで見たことない調理法で、新しい料理を作るの。フィル君に関しては、どちらが先生かわからないくらいよ。教師としては恥ずかしいことだけど、そのくらい彼からたくさん学ぶことがあるの」

力説するゲッテンバー先生に、リンが納得顔で頷く。

「さすが！　カレーの天使様だもんね！」

「それほど素晴らしいんですね」

マリータ学校長が感心すると、ブルーノ学校長が興味深げに尋ねた。

「先の対抗戦メンバーに彼が選ばれたのは、やはりその調理の腕を見込まれてでしょうか」

その質問に、スイフ先生とデュラントは揃って首を横に振った。

「それもありますが、フィル君の場合は召喚学や剣術、その他の科目全てに優れていたからです」

「年齢の面で体力や持久力に不安がありましたが、それはマクベアーやカイル君が補助してくれるだろうと思い、対抗戦メンバーに選んだんです」

フィルと初めて会った時、本当に驚いた。

対抗戦メンバーはその学校で優秀な生徒たちが選ばれるからだ。

ステアの能力が下がったのかと思ったが、対抗戦で対峙し、それは間違いだと改めさせられた。

今は体力や持久力が弱点だろうが、歳を重ねればそれもなくなるだろう。

むしろ、その弱点をほとんど感じさせない時点で、すごいのだ。

シリルがフィルのことを、年下ながらに尊敬する人だと言っているのもわかる気がする。

まぁ、シリルが送ってくる手紙や帰国のたびに、フィルの話ばかりをして褒めるのは何だか腹が立つが……。

「ディーン、どうしたんだ？　怖い顔して。調理方法、難しいか？」

マッテオに尋ねられて、俺は我に返る。

考え事をしていたら、皆の話題が授業に戻っていたようだ。

「違う。何でもない。次の授業のこと考えてた」

理由をごまかすと、マッテオが笑った。

「あぁ、気になっていたもんな。シチューを味見したら、移動して剣術の授業だってよ。テイラの学年の見学、楽しみだな」

軽い口調で言うマッテオの言葉に、俺は目を見開く。

「何⁉　次はフィルの？」

「ついさっき話してたろ。反応なかったからおかしいと思っていたが、聞いてなかったのか？　良かったな、剣術見学が二年の授業で」

マッテオが笑顔で言い、俺はそれに頷いた。

「ああ、楽しみだ」

ついに、フィルの剣技が見られる。

その喜びに、思わず俺の口元が緩んだ。

7

この時期の剣術の授業は、天候が悪くない限り屋外の運動場で行われる。

生徒たちは剣術担当教諭のワルズ先生が来る前に、各自で準備運動を終わらせておくことになっている。

軽く走り込みをし、ストレッチをして体をほぐす。

剣術の授業は、一年の時とほとんど同じ生徒が受講していた。

仲の良い友達では、カイルとライラとシリルがいる。

ストレッチを終えて息を吐くと、俺はあたりを見回した。

そろそろワルズ先生が来る頃かな。

剣術のリーグ・ワルズ先生は、全身黒ずくめの服で猫背、長い前髪で顔が半分隠れている。

死神っぽい雰囲気をしているうえに、気配なくいきなり出没するから心臓に悪いんだよね。

できれば、ビックリさせられる前に探したい。

そうして見回した俺の視線が、あるところで止まる。

木の上から望遠グラスでこちらを覗いている、赤い髪の女の子を発見したのだ。

「キャルロットちゃん……？」

一年生のキャルロット・スペンサー。

リスの尻尾みたいなあの髪型と、あの髪色は間違いない。

何より木の上に登って望遠グラスを使う女の子など、キャルロットくらいしか思い当たらなかった。

「あ、本当ですね」

「また木に登ってるのねぇ」

あの状態の彼女を幾度か見たことがあるので、カイルやライラは特に驚いていないみたいだった。

以前キャルロットは、カイルのことが好きなあまり、ああして覗いていたことがある。

カイルに振られた後、しばらく姿を見せていなかったんだけど……。

「やっぱりカイルのこと、諦めきれないのかなぁ」

キッパリ断られても、諦められないのが恋だ……と、自称恋愛マスターのレイが言っていた。

俺が心配していると、ライラはキャルロットのほうを指して言った。

「諦めていないかはわからないけど、少なくとも今日来ているのはクラブ活動の一環だと思うわ」

中等部と高等部の学生は、何かしらのクラブに所属することになっている。

顧問は必須だが、認可されれば活動内容はある程度生徒に任されていた。

だから、正統派クラブから趣味系、マニアックなものまで様々なクラブが存在している。

ちなみに俺は、モフ研こと『モフモフ鉱石研究クラブ』所属だ。

モフモフな動物たちを愛（め）で、鉱石を研究する。デュラント先輩も所属する、とても真面目なクラブである。

だがしかし、怖いと噂のシエナ先生が顧問だからか、活動内容を怪しまれてなのか、今のところ新しい生徒が入ってくる気配はない。

「何のクラブ活動だ？」

「カイルのファンクラブとか？」

俺とカイルが尋ねると、ライラは首を横に振る。

「いいえ。中等部校内新聞クラブよ。ほら、襷（たすき）を斜め掛けにしてるのが見えるでしょ」

確かに、キャルロットをよく見てみれば、新聞部の記者が取材をする時に掛ける襷を身につけていた。

中等部校内新聞クラブはその名の通り、中等部内で起こった出来事を記事にし、それを公開しているクラブである。クラブの中では最も歴史ある正統派クラブだ。

それゆえ、自分たちの書く記事に誇りを持ち、取材対象にも敬意を表した記事を書く。

彼らの記事には、俺も好感を持っている。

注目人物特集が組まれる際、俺とカイルもインタビューを申し込まれたことがあったが、目立つのが嫌だったから断ったんだよね。

「まさかあの子が新聞クラブに入ったとは知らなかったな」

驚くカイルに、ライラがくすくすと笑う。

「新聞クラブの友達に聞いた時は、私も驚いたわ。どうやらF・T（フィル・テイラ）ファンクラブ会員の中に、新聞クラブに所属している子がいるらしくてね。彼女の特技を活かせると思ったのか、キャルロットちゃんを勧誘したそうなの」

特技って、あの木登りと観察対象を狙う時の忍耐強さのことか。

確かに、新聞記者としてなら最適な特技か。活かせる場所があるのは素晴らしいことである。

「でも、新聞クラブが何で俺たちの剣術の授業を覗いているの？」

「誰か記事にされる生徒でもいるのか？」

俺たちが尋ねると、ライラは不思議そうな顔をする。

「何でって、見学会の記事を書くためじゃない？」

ライラの返答に、俺は目を大きく見開く。

「えっ！　剣術の見学ってうちの学年⁉」

驚きすぎて、思わず大きな声が出る。すると、その声が聞こえた周りの生徒たちがざわめいた。

「剣術の見学って聞こえたんだけど？　本当か？」

「ぼ、僕らの授業、見学されるの？」

ビル・ノックスやシリルなど、わらわらと集まってくる。

「ワルズ先生から見学の話など聞いていないが……。間違いないのか？」

眉を寄せて確認するカイルに、ライラはコックリと頷いた。

「当初は今日の午前中に、別の学年の剣術を見学する予定だったんだけどね。見学科目が集中しすぎたから、移動距離の長い剣術は午後に変更されたみたいよ。二日前の情報なんだけど、レイから聞いてない？」

小首を傾げるライラに、俺を含め皆が首を横に振った。

「聞いてないや」

「フィル様や俺は、最近イルフォードさんと一緒に行動していることが多かったですから。それで、聞き逃したのかもしれませんね」

あり得る。小屋のリフォームが楽しすぎて、ノリにノッちゃってたから。

それにしても、聞き逃したのは痛いなぁ。

いや、その話を聞いたからって、別に変わりはないんだけどさ。

心の準備をする時間は欲しかった。

何せ見学するメンバーに、ディーンたちドルガドの精鋭がいるのだ。

「に、兄さんに僕の剣術のじゅ、授業を……が、がが、頑張らなきゃ」

俺は、ガチガチに緊張しているシリルの背中を優しく撫でた。

「シリル、落ち着いて。今朝お兄さんと一緒に鍛錬したばかりでしょ。普段の姿を見せればいいんだよ」

優しく言うと、シリルは大きく深呼吸した。

「そ、そうだよね。でも、僕がしっかり授業を受けているところを、兄さんに見せなきゃって思うとドキドキしちゃって」

まぁ、シリルの場合は父兄参観になるもんなぁ。

家族が見ていたら、気負っちゃうか。

すると、俺の隣にいたカイルも、胸を押さえて大きく息を吐いた。

「俺もこれからドルガドの人たちに見学されると思うと、少し緊張してきました」

「え、カイル君も？」

シリルにとって、カイルの言葉は意外だったらしい。

「当然だ。今朝参加させてもらったドルガドの早朝鍛錬が、すごかったからな」

「あぁ、確かにすごかったよね」

今朝の光景を思い出して、俺は遠い目をする。

カイルとシリルが参加し、俺は見学させてもらったドルガド早朝鍛錬。

武術の強豪校って、朝からあんなに鍛錬するんだなぁ。

何度か一緒に参加しないかと誘われたけど、絶対無理だよ。

あんな鍛錬を毎日やっているドルガド生たちと、それについていけるカイルとシリルを心から尊敬する。

そして心に決めたね。オルコット家の強化合宿には絶対参加しないって。

カイルが行きたいというのなら、もちろん応援するよ。

でも俺はその間、ドルガドの有名鍛冶職人ゴードンさんのところで、作業を見ながら待っていたい。

そんなことを思っていると、背後からボソッと低い声が聞こえた。

「授業……始めますよ」

「「うわぁっ！」」

俺を含めそこにいた皆が、体をビクッと震わせる。

一斉に振り返ると、いつ来たのか青白い顔のワルズ先生が立っていた。

「ワ、ワルズ先生かぁ……」

「びっくりしたぁ」

俺たちは胸のあたりを押さえ、息を整える。

話に夢中で、すっかり油断していた。毎度のことながら、心臓に悪い。

「先生、驚かさないでくださいよ」

「そんなつもりはなかったんですが……すみません」

生徒たちの反応に落ち込んだのか、ワルズ先生はしゅんと項垂れる。

「どうして私はこうなのか。教師は生徒たちを安心させる存在であるべきなのに。不安を与える私は、教師としてふさわしくないのでは……」

あ、このままだとスーパーネガティブスイッチが入っちゃう。

ワルズ先生は時々、ネガティブ妄想が激しくなることがあるんだよね。

「あ、いや、気づかなかった僕らも悪いんです」

「気配を察する練習にもなりますし」

俺とカイルがフォローするが、ワルズ先生が手のひらを前に突き出して制止のポーズを取る。

「いいえ！　このままではいつか、生徒たちの心臓が止まってしまいます！　生徒たちの尊い命を奪ってしまう前に、何か対策を立てなければ！」

スイッチが入ると同時に、ワルズ先生の猫背だった背筋が伸び、はっきりとした口調になる。

それから、額に手を当て、天を仰いで考え始めた。

「問題は私が生徒に気がつかれないこと。注目を浴びるにはどうしたらいいんでしょう。陽気に踊りながら登場したほうがいいのか。それとも、笛で明るい曲を吹きながら登場したほうがいいのか。皆さん、どう思いますか！」

ワルズ先生は『はい、どっち！』と言わんばかりに勢いよく両手のひらを差し出し、俺たちの答えを待つ。

そんな先生、どっちも嫌だ。

他の先生ならいざ知らず、ワルズ先生の陽気な姿も想像できないし、授業前に踊りながらとか、笛を吹きながら登場されても怖い。

「せ、先生。登場の仕方は後々考えるとして、今はとにかく授業を始めませんか？」

「そうですよ。ドルガドとティリアの方が、これから授業の見学に来られるんですよね？」

俺とライラが笑顔で、明るく話題を逸らす。それを聞いて『どっち』のポーズで止まっていたワルズ先生は、ハッと我に返った。

伸ばされていた背筋が、再びゆっくりと猫背に戻る。

「……そうでした。招待客の方々がいらっしゃる前に、皆さんにお知らせしようと思っていたんですが、もう聞いていたんですね。見学会の対象授業に選ばれて、驚いたでしょう。緊張せず、いつものように授業を受けてくださいね」

いつものボソボソと喋るワルズ先生に戻って、俺たちはホッとした。

「授業は何をやるんですか？」

「予定していた内容と変わりません。いつものように一班六人で、三つの班を作ってください。二人一組の練習試合を、班内で交代して行っていただきます。ただ、見学の方が来たら私が見て回ることができなくなるので、試合を一度中断して集まっていただくことになると思います」

そう言って、懐から砂時計を三つ取り出した。

「砂時計を渡しますので、班を組んだら代表者は前に。もらったら、開始してください。怪我に気をつけてくださいね」

砂時計の砂が落ちきるまで五分。一試合、五分の時間制限で行われる。

勝敗がついて時間が余っていたらもう一度、五分経った時点で勝敗がついていなかったら引き分けだ。

カイルが代表して砂時計を取りに行き、俺のところへ戻って来た。

俺の班のメンバーは、いつもほぼ決まっている。

俺とカイルとシリル、ビルとヨハン・コイルとウィリアム・ハリスだ。

この六人組は、二年剣術クラスで実力上位の六名である。

本来、班は誰とでも自由に組めるのだが、他の生徒たちから「自分だと君たちの相手にならないから」と敬遠され、ちょうどあぶれてしまった六人だった。

始まった試合の一巡目。カイルとウィリアムの対戦ではカイルが勝ち、俺とビルでは俺の勝利、シリルとヨハン戦ではシリルに軍配(ぐんばい)が上がった。

二巡目のビルとウィリアムの試合を、休憩がてら見物しつつ息を吐く。

実力上位の班だけあって、なかなか戦いがいのあるメンバーたちである。

とはいえ、たまには他の班の子と戦いたい気持ちもあった。

だって、二年になってからずっとこのメンバーだもんなぁ。

まぁ、他の班に移動したところで、カイルも一緒についてきそうだけど。

そんなことを考えていると、他の生徒たちがざわつき始めた。

「招待客たちが来たようですね」

カイルに言われてその視線の先を見れば、スイフ先生やデュラント先輩を先頭に、招待客たちの団体が運動場に入って来るのが見えた。

「あ！　フィル君がいる！　フィルく～ん！」

リンが俺を発見し、大きな声で呼ぶ。

隣のサイードに『静かに』とでも注意されたのか、ハッとした顔をした後、今度はこちらに向かって大きく手を振ってきた。その様子に、サイードが頭を抱えている。

リンは本当に元気だなぁ。

思わず笑ってリンに小さく手を振り返した俺は、ふとその動きを止めた。

……ディーンがじっとこちらを見ている。

いや、それは別に構わないんだけど。気のせいかな。

笑っているわけでもないのに、どこかワクワクしているような……。

すると、隣にいたシリルが目をまん丸にして言った。

「兄さんが……楽しそうな顔をしてる」

「や、やっぱりあの表情って楽しい顔なの？」

俺が聞くと、シリルはコクコクと頷いた。

「久々に見るよ。滅多にあんな顔しないから」

弟でさえ滅多に見られないそんな顔で、どうしてこっちを見る。

いや、自意識過剰だ。目が合って見えるのは気のせいだ。

隣にいるシリルを見ているんだな。

シリルの授業が見られるのが楽しみなんだろう。うん、きっと。

自分にそう言い聞かせていると、ワルズ先生がディーンたちと合流し、何か話をしながら俺たちの班のほうへやって来る。また、途中他の班に呼びかけ、うちの班がいる場所へと皆が集まり始めた。

対抗戦出場メンバーがいるから何となく予想はしていたが、やはりうちの班が見学されるのか。

ワルズ先生が招待客に向かって、ボソボソと話す。

「見学はこちらの班にしましょう」

ドルガドとティリアの学校長や生徒たちは、俺たちの姿を見つけ嬉しそうな顔をした。

「グラバー君、オルコット君、テイラ君。対抗戦メンバーの授業を見学することができて、とても嬉しいです」

ブルーノ学校長は俺たち三人を見つめ、ニッコリ笑う。

「あ……はは、皆さんに見られていると思うと、緊張します」

俺はぎこちなく笑って、頭を掻く。

俺の両隣で、カイルとシリルが姿勢を正して言った。

「皆さんにお恥ずかしい姿を見せないよう、頑張ります」

「ぼ、僕も、頑張ります」

そんな弟の姿に、ディーンは微かに頬を緩める。

デュラント先輩はディーンとシリルを微笑ましそうに見てから、ワルズ先生に顔を向けた。

「ワルズ先生、今はどういった授業を行っているか、説明していただいてよろしいですか？」

ワルズ先生は、小さく頷いて言った。

「今日は生徒たちに、試合をしてもらっています。私がそれを見て回り、長所や短所など気になった点を指摘します。その箇所を次回の練習課題にし、後日その課題がクリアできているか確認をします。二・三年生は今言った内容の繰り返しですかね。一年生は前期は基礎鍛錬を重点的に、後期は徐々に実戦を増やしています」

ドルガドの見学者は一斉に懐から紙と携帯羽根ペンを取り出し、メモを取り始める。

剣術は特に気になる授業らしい。

「長所短所とは、実際どういった内容を指摘するのですか？」

ブルーノ学校長の質問に、ワルズ先生はビルとウィリアムたちを手招きする。

あ、試合が終わったのか。最後、見逃しちゃったな。

「生徒たちの試合が終わったようなので説明します」

息を切らしながら、ビルたちがワルズ先生の前に走って来る。

「二人ともお疲れ様です。ウィリアム君が勝ったようですね」

さすがワルズ先生。案内しながらも、二人の試合を見ていたようだ。

「はい」

ビルはしょげた顔で、ウィリアムは笑顔で返事をする。

それを聞いて、班のメンバーは目を丸くした。

ウィリアムがビルに勝ったことは、一度もなかったからだ。

「ウィリアムが勝ったの？」

「わ、すごいね！」

「ウィリアムおめでとう」

「ビルがウィリアムに負けるの、初めてじゃないか？」

ウィリアムは技巧派なんだけど、いつもはビルに力負けしているんだよね。

今さらながらに、試合の最後を見逃したのが悔やまれる。

「さっきカイル君に負けちゃったから、一勝できて良かったよ」

ウィリアムは得意そうに笑い、ビルはため息を吐く。

「何だか前より戦いにくくなってたなぁ。自分のペースに持って行けなかったぜ」

「そのようですね。ビル君も以前より力が増しているようですが、今回はウィリアム君の技量が上を行きましたね。それが、戦いにくさとなったのでしょう」

ワルズ先生はそう言って、慰めるようにビルの肩をポンと叩く。

「ビル君は次回、筋力の鍛錬に加えて、相手の出方を予測する方法を学びましょう」

「はい、頑張ります」

ビルは頷いて、ぺこりと頭を下げる。

「ウィリアム君は以前出した課題ができていましたね。しかし、まだ少し無駄な動きが入っています。次回はそこを直していきましょう」

「はい、ありがとうございます！」

ウィリアムは元気に返事をする。

そんな彼らを見て、ディーンが手を挙げた。

「長所や短所で、一人一人課題を変えてらっしゃるんですね。その課題は、彼らのどういった点を見て選ばれたのですか？　体の大きな彼ならば、力に特化させる課題でもいいんじゃないかと……」

その質問に、ワルズ先生は「ふむ」と唸る。

「そうですね。その課題も効果的です。ビル君は力で押し切る方法を、得意としていますから。同じタイプならそれも良いのでしょうが、その方法だと技巧派の相手と相性が良くありません。現に先ほどビル君は、フィル君に負けています」

「「えぇ！」」

それを聞いて、ドルガドとティリアの皆が驚く。

「信じられねぇ。本当かよ」

マッテオは呆気に取られ、ディーンも目を見開いて俺を見る。

まぁ、ビックリするのも当然か。俺とビルって体格差が結構あるもん。

でも、ビルは猪突猛進なところがあるから、上手く躱せば対応は楽なのだ。

「フィル君ってやっぱり強いんだね」

ミカの言葉に俺が答える前に、シリルとカイルは大きく頷いた。

「そうなんです。フィル君はとても強いんですよ！」

「ええ、小さいけれどお強いんです！」

シリル、お兄さんが不機嫌そうにしてるから褒めないで。

カイル、小さいけれどは余計である。

ざわつく生徒たちに、ワルズ先生はちょいちょいと手を動かして、皆の視線を自分へと戻した。

「話が少し逸れましたので、戻しましょう。つまり、ビル君は力に頼らず、技巧派に対応できるようにならないといけないんです」

「なるほど。それで、相手の出方を予測する方法を課題としたんですね。それでは、相手の彼の課題のほうは……」

ブルーノ学校長はビルからウィリアムへ視線を向ける。

「ウィリアム君は余計な動作が入っているせいで、技の切れが悪く、剣の勢いも落ちていました。打ち合えばビル君の力に負けてしまいますから、それよりも早く技を繰り出す必要があるんです」

その説明を聞いて、今度はマッテオが手を挙げる。

「打ち負けるなら、それこそ負けない腕力をつければいいんじゃないんですか？」

不思議そうな顔のマッテオに、ワルズ先生は苦笑する。

「体格や癖、性格や得意な型などは、人それぞれ違いますからね。ウィリアム君はあまり筋肉がつかない体質で、性格も優しい。ですから、技のしなやかさに重点を置いたほうが、彼に合っていると思ったんです」

「そこまで生徒一人一人を見て、特性を活かそうと考えていらっしゃるんですね」

ティリアとドルガドの生徒たちが、感心しながらメモを取る。

尊敬に似た眼差しを受け、ワルズ先生は照れたのか居心地悪そうに頬を掻いた。

「さて、次の試合はシリル君とカイル君ですね」

ワルズ先生の言葉に、ウィリアムとビルは、シリルたちに木刀を差し出した。

ウィリアムが差し出した木刀を、カイルが受け取る。

「ありがとう。行くぞ、シリル」

「あ、う、うん」

ビルから木刀を受け取りながら、シリルが頷く。それから、チラッとディーンを振り返った。

自分の授業風景を見る兄の存在が、どうしても気になるのだろう。

そんな弟に、ディーンが小さく笑って声をかける。

「頑張ってこい」

「……うん!」

嬉しそうに返事をして、シリルは試合へと向かって行った。

カイルとシリルが互いに一礼すると、砂時計を持つウィリアムが試合開始を告げる。

それと同時に、二人は先手必勝とばかりに、木刀を互いへ振り下ろした。

カァンッ、と木刀のぶつかる高い音があたりに響き渡る。

普段は気の優しいシリルも、いざ戦いが始まれば豹変(ひょうへん)する。

それに対するカイルも、気迫充分だ。

カイルはシリルの剣を受け、押し返した反動で後ろに飛び退(すさ)る。

運動神経の良いカイルならではの動きだった。

カイルの動きは、まるで忍者か体操選手のようだ。

「すばしっこい動きで剣から逃げるから、腹が立つんだよなぁ」

対抗戦でカイルと戦ったことのあるマッテオが、その時のことを思い出したのか苦虫を噛みつぶしたような顔になる。

「対抗戦の時にも思いましたが、カイルの剣技は変わっていますよね。あれもワルズ先生の指導によるものですか？」

ディーンが尋ねると、ワルズ先生は首を横に振る。

「いえ、カイル君の剣技は学校に来る前から、すでに完成されていました。国に剣の師匠がいるみたいでしたね。確か……フィル君も同じ方を師としていましたよね？」

突然話を振られて、俺は慌てて肯定する。

「あ、はい。そうですね」

一応、グレスハート国で俺の護衛を務めている、スケさんことマイク・スケルスが俺とカイルの師匠である。

「それではフィル君の剣術も、カイル君と似ているんですか？」

興味深げにブルーノ学校長が尋ねると、他の皆からの視線も俺に集まる。

俺はプルプルと首を横に振った。

「カイルの身軽さは、僕には真似できないですよ。師匠は一緒ですが、剣術スタイルは全く違います。師匠も我流で強くなった方なので、個人の特性を活かす方法を教えていただきました。だから、二人とも自己流に近いというか……」

「そうなんですか。では、もともとワルズ先生と同じ教え方の師匠だったんですね」

「まぁ……はい」

ワルズ先生と同じと言ってもいいものか……。

平民から王の近衛兵まで上り詰めたスケさんは、感覚で剣を振るうという天才肌である。

ワルズ先生は理論で教えてくれるけど、スケさんは説明に擬音が多かった。

教わっている時に「相手がガッと来るので、グックククと受けて、バッとやってみてください」と笑顔で言われ、カイルと二人でポカンとしたものだ。

スケさんからは『技術は見て学べ、あとは実践のみ！』ということを教わったよ。

「いろいろな鍛錬方法があるんですね。シリル君が強くなった理由がわかりました」

シリルを見つめて、ミカが呟く。それを聞いて、ディーンは自嘲気味に笑った。

「父がシリルを留学させたのは、英断だったってことだな」

そう話すディーンの声は、どこか寂しそうだった。

弟が自分の手を離れ強くなっていく、複雑な感情からだろうか。

「確かにここに来て能力を伸ばしたかもしれませんが、それはドルガドで基礎がしっかりと作られていたからですよ。国に良い師がたくさんいたのでしょう」

そう言って、ワルズ先生はチラッとディーンを見る。

ディーンは一瞬目を瞬かせると、ホッと表情を緩めて小さく噴き出した。

そんな柔らかなディーンの顔は初めて見る。マッテオたちさえ驚いているんだから、もしかしたらシリルでさえ見たことがない笑顔かもしれない。

その時、観戦していた生徒たちから声が上がった。

足元が滑り、カイルがバランスを崩したのだ。

好機と見たシリルが、木刀を振り上げた。上段から木刀を振り下ろすつもりなのだろう。

しかし、そのわずかな動作が、カイルに体勢を整える時間を与えた。

カイルは体を屈(かが)めてシリルの懐に入り込むと、真横から木刀をなぎ払い、シリルの胴に木刀をピタリと当てる。

「おぉぉぉ!!」

一呼吸の沈黙の後、生徒たちから歓声と拍手が上がった。

ちょうど砂時計の砂も落ちたらしく、二人は互いに一礼して戻ってくる。

「二人とも良い試合だったよ！」

ミカを始めとして、皆が拍手で出迎える。

「あ、ありがとうございます」

シリルはお礼を口にするも、表情は暗いままだった。

「カイル君は最後よく立て直しましたね。次回はカイル君の身体能力に見合うよう、剣の速度を上げる練習を取り入れましょう」

ワルズ先生の指導に、カイルがぺこりと頭を下げる。

「はい、ありがとうございます」

「シリル君も惜しかったですね。今日はほんの少し剣に焦りが見えました」

「……はい、その通りです」

ワルズ先生の言葉に頷いたシリルは、悲しげな目でチラッとディーンの顔を窺う。

ディーンはその視線を受け、眉を顰めた。

「精一杯戦ったのなら、そんな顔をするな。それに、自分でも敗因はわかってるんだろう？」

「うん……兄さんが見てるから、気持ちが急いちゃった」

シリルがしゅんと落ち込むと、ディーンは眉間のしわをさらに寄せてきゅっと唇を噛む。

無言の兄に、シリルは幻滅させたのかと、さらにしゅんとした。

違うよ、シリル。怖い顔をしているけど、多分口を開いたら『可愛い』が溢れそうなんだと思う。

嬉しいなら正直に言えばいいのに。威厳のある兄像を守るのも大変なんだなぁ。

うちのアルフォンス兄さんなら、多分狂喜乱舞（きょうきらんぶ）してるよ。

ディーンは小さく咳払いをして、しゅんとしたままのシリルの頭をぎこちなく撫でた。

「まぁ、前より成長している。学校でも頑張っているんだな」

なんとか表情を崩さぬままディーンが言うと、シリルは笑顔になった。

うんうん、めでたし、めでたし。

嬉しそうなシリルを見て俺が頷いていると、カイルがポンと俺の肩を叩く。

「次はフィル様の試合ですよ」

……終わってなかった。

カイルに木刀を差し出され、俺はそれを受け取る。

次は、俺とヨハンか。はぁ、皆の見ている前でやりたくないなぁ。

カイル戦で盛り上がったこの状態で、俺らでしょ？　気が重い。

「フィル君、頑張ってね！　応援してるよ！」

「テイラ君、頑張ってください」

リンたちティリア生が俺にエールを送り、マッテオたちドルガド生がワクワクした顔で言う。

「ついにテイラの剣術が見られるのか」

「強いって言ってたからなぁ。いったいどんな試合を見せてくれるんだろう」

……さっきのシリルやカイルの発言で、期待値が上がっちゃってるよぉ。

これで大したことないってバレたら、がっかりされるだろうな。

俺は少し憂鬱になりながら、ヨハンを振り返った。

「ヨハン、僕たちなりに頑張ろ……って、えぇ！」

そこには、青白い顔のヨハンがいた。

「どうしたの、ヨハン。大丈夫？」

「き、き、緊張で気持ち悪くなってきた」

この期待値に耐えられなくなったか。可哀想に。

「この状態では、試合は無理そうですね。ヨハン君は休んでいてください」

ワルズ先生がヨハンの背をさすって、優しい言葉をかける。

「では、俺がフィル様の相手を務めます！」

すかさず手を挙げたカイルに、俺は困った顔で眉を寄せた。

「カイルは試合を二回やったし、今終わったばかりでしょ」

「全く問題ないです」

本当に俺と戦うのが好きなんだからなぁ。

「わかったよ。カイルが問題ないって言うなら……」

正直いえば、試合自体を見送りにしてもらいたかったが、そうもいかないだろうしね。

ここは諦めて、カイルと試合しよう。

「それでは、フィル君の相手はカイル君に……」

ワルズ先生がそう言いかけた時、ディーンが手を挙げた。

「あの、ワルズ先生。フィルと試合させてもらえないでしょうか」

「「はぁっ!?」」

ディーンのとんでもない発言に、俺とカイルは驚愕し、他の皆も目と口を大きく開けて固まった。

「い、今なんて？」

「聞き間違いじゃなければ、フィル様と試合するとかって言いました？」

俺とカイルが、ディーンに改めて聞き直す。

「フィルと試合がしたい」

きっぱり返された俺はよろめき、カイルがそれを支える。

「聞き間違えじゃなかった」

「……そのようです」

マッテオは頭を掻きながら、長い息を吐き出す。

「おいおい、すごいことになってきたな」

「兄さんがフィル君と……」

「わぁ！　面白そう！」

シリルはどこか夢心地の顔で呟き、リンはパチパチと手を叩いた。

「試合なら俺が代わりに務めます。俺ではダメですか？」

カイルが言うと、ディーンは腕組みして唸る。

「カイルは早朝鍛錬で打ち合いをしたことがあるし、興味があるのはフィルだからな」

あっさりと断られ、カイルは悔しそうにする。

「くっ！　早朝鍛錬があだに……」

強い人と戦いたいからって、カイルは何度もディーンに打ち合いを挑んでいたもんね。

俺はカイルに寄りかかっていた状態から体を起こし、ディーンを見据える。

「ご指名大変光栄ですが、ディーンさんと試合なんてできませんよ。ディーンさんの相手が務まると思えませんし、ましてやディーンさんは招待客なんですから」

「どうしてだ？　体格差のある者にも勝てるくらい強いのだろう？　シリルからも素晴らしい剣士だと聞いている。務まらないとは思えない。それに、今回の見学会は、学校同士の交流も含まれている。交流試合くらい構わないだろう」

正論！　真っ当な正論を、剛速球でぶつけてきた。

「だ、だけど、ディーンさん制服じゃないですか。動きづらいと思いますし……」

俺がもごもごと言うと、ディーンは片頬を上げて笑った。

「ドルガドの制服は、戦闘向きに改良されているんだ。一年に一度、制服での野外訓練もある。だから、心配無用だ」

心配してない。そして、ドルガドの制服の機能性にビックリしている。

デュラント先輩は少し戸惑った様子で、ディーンに尋ねる。

「本当に試合したいようですけど。どうして、そのようなことを？」

「俺は今までドルガドで剣術を学んできた。だから、俺の剣術をワルズ先生に見てもらいたいんだ。それに、フィルと戦う機会はもうないかもしれないから。……ワルズ先生、ダメでしょうか？」

真剣な表情を向けられ、ワルズ先生は低く唸る。

「そうですねぇ。指導は構いませんが……」

つまり、答えは俺次第ってことだよね。う～む、ディーンの理由を聞いたら、断りにくいなぁ。

すると、ずっと黙っていたイルフォードが背を屈め、俺の目線に合わせて言う。

「嫌なら……断ってもいいよ。まぁ、断っても、全然諦めてくれないけど……」

そういえば、前にディーンがドルガドの染め物で釣って、気乗りしないイルフォードを鍛錬に付き合わせてたっけな。ディーンロックオンの被害仲間がここにいた。

心配そうに見つめるイルフォードに、俺は苦笑した。

「心配ありがとうございます。……ディーンさんと試合します。交流の一つですからね」

それを聞いたカイルは、しょんぼり顔で自分の防具を外し、ディーンに渡した。

ディーンが制服の上から防具を着けるのを待って、連れ立って試合場所へと向かう。

「期待に沿わなくても、責任は負わないですよ」

念のため俺が言うと、ディーンはコクリと頷いた。

「ステア代表として、本気で来るなら問題ない」

うぅ、ステア代表というプレッシャーを乗せてきた。

つまり、本気を出して負けるのはいいが、適当な戦いをしたらステアが恥をかくぞってことか。

まぁ、ディーン相手に手を抜きながら上手く負けるなんてこと、できそうにないけど。

木刀を握りしめ、俺は深呼吸をして息を整える。

「それでは、始め！」

砂時計を持つカイルの号令で、試合は始まった。

俺は中段に木刀を構え、ディーンと間合いをはかる。

ステアには、がっしりした体格で背も高く力も強い、若手の剣士ではグラント大陸一の実力と謳われるライン・マクベアー先輩がいる。

対抗戦でディーンは、そのマクベアー先輩と対戦していた。

ディーンはマクベアー先輩より年下で、筋肉質ではあるが細身。しかし、あのマクベアー先輩と打ち合った時、全く押し負けていなかった。

そんなディーンの剣をまともに受けたら、俺なんか吹き飛ばされちゃうよ。

ディーンに勝つつもりなら、正面から打ち合ってはダメだ。間合いを取って……。

すると、そんな考えなどお見通しだとばかりに、ディーンが一気に間合いを詰めてきた。

まずい。至近距離で打ち合えば、俺の分が悪すぎる。

俺は後ろに跳んで、間合いをあける。すると、ディーンは両手で持っていた木刀を片手に持ち替え、俺に向かってまっすぐ突きを繰り出した。

片手だと両手よりも力は半減するが、その分リーチは伸びる。

俺の肩を目がけて、ディーンの木刀がグンッと加速する。

「くっ！」

肩を突かれる寸前で、俺はディーンの木刀を真横から当てて弾いた。

そしてすぐさま飛び退り、ディーンと間合いを取った。

……あ、危なかったぁ。

弾いた時の衝撃が、微かに手に残る。

ディーンは片手だっていうのに、なんて威力だ。

ディーンは様々な技を駆使して、俺を追いつめてくる。

上段や中段からの振り下ろし、下段からの切り上げ、突き、組み合わせ技も使ってくる。

俺はその攻撃を躱したり、木刀で弾いたりして何とか防ぐ。

まだ五分経っていないのか。試合の時間が長く感じられる。

もしかして、砂時計の砂が詰まって落ちてないってことないよね。

試合開始時は耳に入っていた歓声も、今は自分とディーンの息遣いしか聞こえていなかった。

皆、固唾(かたず)を呑んで観ているのか、それとも集中しているから聞こえてこないのだろうか。

そんな俺を見返し、ディーンは片頬を上げて楽しそうに笑う。

笑っている……。俺に攻撃を防がれているのに、何で笑っているわけ？

いや、そういえば、カイルもそういうタイプか。

武術マニアは相手に手応えを感じると、楽しくなっちゃうのかな？

こっちはすでに、疲労を感じ始めているっていうのに。

ディーンの視線、呼吸、足先、筋肉の動きを見て、どう動こうとしているのか、二手三手先の予測に集中しているから余計に疲れるのだ。

この集中が切れたら、すぐに負けるだろうな。

ディーンが中段に構える。攻撃にも防御にも転じることのできる構えだ。

でも、今までのように攻撃をしかける気配はなかった。俺がどう出てくるのか、探っている目をしている。

今まで俺は防御に徹していたからな。俺の出方を待っているのかもしれない。

よし、だったら攻撃しようじゃないか。

集中力も体力も限界に近いんだ。ここでしかける。

俺は木刀を上段に構え、距離をじりじりと詰めていく。

「はぁぁっ!!」

上段から渾身(こんしん)の力を込めて振り下ろす。だが、それはディーンにたやすくいなされた。

そして、ディーンはその流れのまま、上からまっすぐ俺をめがけて木刀を下ろす。

そう来ると思っていたよ！

俺は木刀の柄(つか)を高く掲げながら、左に一歩踏み出して体の重心を左へずらした。

まっすぐ下ろされたディーンの木刀が、俺の木刀の上を滑っていく。

攻撃を防がれた俺に、すぐさま受け流しの体勢が取れると思わなかったのだろう。

「な……」

ディーンが驚いた時にはもう遅かった。

隙だらけになったディーンの肩に向かって、俺は木刀を振り下ろす。

そして、彼の体に当たる寸前で、ピタリと木刀を止めた。

ディーンはその木刀を見た後、驚きを隠せない表情で、肩で息をする俺を見つめた。

やっと、勝負がついた。しかも、勝てた。ギリギリだったけど。

力が抜けて、どっと疲れが出る。

「うわぁぁぁぁぁ！　すげぇぇぇぇ！」

「嘘だろ、ディーンに勝っちゃったよ」

「フィル君、すごいよっ！」

生徒たちの割れんばかりの歓声が、一気に耳に飛び込んでくる。

「試合時間終了です！」

終わりを告げたカイルの声が、掻き消されそうだ。

あんなに長く感じたのに、たった五分しか経ってなかったのか。

「ありがとうございました」

俺とディーンは一礼し、皆の元へと戻る。

「フィル君、ディーン君。お疲れ様でした。いい戦いでしたよ」

ワルズ先生を始め、皆が拍手で出迎えてくれる。

「未だ信じられねぇよ」

「……びっくりした」

マッテオやイルフォードが呟くと、カイルが誇らしげに言った。

「お強いって言ったでしょう」

「確かにテイラ君が強いとは聞いていましたが、これほどとは思いませんでした。オルコット君も、とても素晴らしかったですよ」

「ええ、オルコット君のあの剣さばきの鋭さ、感服いたしました。その彼に勝利したテイラ君にはもっと驚かされました。さすが対抗戦史上初の最年少メンバーですね」

ブルーノ学校長とマリータ学校長が興奮した様子で、ディーンと俺に賛辞を述べる。

「ありがとうございます」

照れつつお礼を述べる俺の隣で、ディーンは悔しそうな顔で俯く。

「ブルーノ学校長、自分から名乗り出たのに、不甲斐ない結果で申し訳ありません。しかし、自分を省(かえり)みる、大変勉強になった試合でした」

そう言って、近くに寄ってきたシリルの頭を撫でる。

「シリル、さすがお前が尊敬する男なだけはある」

「フィル君もだけど、兄さんのことも尊敬しているよ！　かっこよかった！」

強く言うシリルにディーンは小さく笑い、それからワルズ先生に向かって姿勢を正した。

「俺の試合を見てどう思いましたか」

ワルズ先生は少し考えてから、穏やかに微笑む。

「ディーン君の剣術は、とてもバランスが良いです。技の豊富さ、俊敏性も素晴らしい。フィル君の剣術が珍しい型なのに対応できたのは、分析する能力があるからだと思います。ただ、最後の打ち合い、警戒を解くのが早すぎましたね。フィル君のような子は滅多にいませんが、どんな相手でも油断は禁物です。君に課題を出すとするなら、様々な剣士たちと知り合うことでしょうか。それが、貴方をもっと強くします」

ディーンはワルズ先生に向かって、深々とお辞儀する。

「ご指導ありがとうございます。まだ自分には驕りがあったんだとわかりました」

ワルズ先生はそれに頷いて、それから俺に視線を向けた。

「フィル君も素晴らしかったですよ。しかし、やはり持久力が足りませんね。時間がもっとあったら、勝敗は逆だったかもしれませんよ」

「ですよね。僕もそうだと思います。次回も持久力を上げる鍛錬、頑張ります」

俺がガックリと落ち込みながら言うと、ディーンが尋ねる。

「次回もって、前回もそうだったのか？」

「……毎回です」

俺が拗ねつつ言うと、ディーンが「ぶふっ」と噴き出した。だが、すぐに真面目な顔で言う。

「年齢的な面が大きいのだろうな。いかに素晴らしい剣の腕を持っていても、他は皆年上だし体格差もある。持久力の面は年齢が上がるうちに解消されると思う」

とっても良いことを言ってくれたけど、噴き出したのは記憶に焼きつけたからね。

他の人もディーンにつられたのか、くすくす笑ってるし。

まぁ、剣術が無事に終わったから、いいけどね。今度こそめでたしめでたしだ。

ただ、何か忘れている気がしないでもない。何だっけ？

俺は未だ盛り上がっている皆を見つめて、小首を傾げた。

8

剣術の授業から明けて翌日。

招待客の学校案内係を務める俺とカイル、シリルとマクベアー先輩は、招待客たちの授業見学が終わるのを、話しながら待っていた。話題は昨日の剣術の試合の件と、その後のことである。

「何で勝負が終わった後、キャルロットちゃんのことを思い出さなかったんだろう」

俺が手で顔を覆うと、カイルがため息を吐く。

「盛り上がって、すっかり忘れていましたよね」

新聞クラブのキャルロットちゃんによって、俺とディーンの試合や授業の内容が記事となり、号外として配られてしまったのだ。

おかげで剣術の授業に出ていない同級生や、他の学年などは大騒ぎである。

「読んだが、なかなか面白かったぞ。戦いの様子とか、上手く書けていた」

「うん！　良かったよ」

マクベアー先輩は笑い、シリルが大きく頷く。

確かに意外や意外、キャルロットちゃんの描写力はなかなか上手だった。

望遠グラスで見た内容なので、俺たちの会話内容まではなく、ほぼ客観的な描写だったけれど、それがまたわかりやすかった。キャルロットちゃんの隠れた才能たるや恐るべしである。

「せめて昨日思い出していればなぁ。記事内容の交渉ができたかもしれないのに……」

「シリル。ドルガドの人たちも号外を見ていたようだが、お兄さん、何か言ってなかったか？」

カイルの言葉に、俺はハッとする。

「そうだ！　お兄さん、気を悪くしてなかった？」

自分が負けた内容が記事になるのは、良く思わないかもしれない。

「兄さんもよく書けてるって言ってたよ。事実であれば、別に構わないみたい」

そう言って、シリルは無邪気に笑う。

おう……ディーンさん、懐が深い。

「俺が気になったのは、カイルの記事のほうだな。戦いの様子はよく書けていたが、一瞬誰のことを書いているのかと思った」

腕組みして唸るマクベアー先輩に、カイルは眉根を寄せる。

「俺も自分のことか疑いました」

「対戦したのに、僕の描写がほとんどなかったです」

しょんぼりとするシリルに、俺は困り顔で笑う。

確かに。カイルの美化がすごかったもんなぁ。

いや、元からカイルはかっこいい容姿をしているんだけどさ。

カイルの描写だけ特に、キラキラ煌めく王子様みたいになっていたんだよね。

キャルロットちゃんから見るカイルって、あんななんだなぁ。

恋しているからああ見えるのか、ああ見えるから恋しちゃうのか。

まぁ、その描写のおかげで、俺の記事が少し地味に見えたのはありがたかったけど。

そんな話をしていると、招待客の皆がやって来た。

「学校案内よろしく頼むよ」

「とても楽しみにしていました」

ブルーノ学校長とマリータ学校長の言葉に、俺たちは「お任せください」とお辞儀する。

「フィル君が企画してる催しがあるんでしょ？　昨日、楽しみであんまりよく眠れなかったんだ」

ワクワクとした顔のリンに、俺は笑った。

「それは後半のお楽しみです。それでは、ステア王立学校内を案内します。この旗について来てくださいね」

そう言って、ツアーガイドさんが持つような小さな手旗を掲げる。

「「はーい!」」

皆の元気な返事を聞き、学校案内がスタートした。

校舎の案内は授業見学会中に行ったと聞いているので、俺たちが案内するのは主にステア学校敷地内にある共有施設だ。

大講堂やグラウンド、闘技場や購買、書店やカフェなどを案内していく。

ここまでは、規模の違いこそあるものの、大体どこの学校にもある施設。

皆の反応も、物珍しさはあっても、そんなに驚いた様子はなさそうだった。

「ここが最後の案内になります。世界一の蔵書を誇るステアの図書館です」

旗を振って、図書館正門を手のひらで指し示す。

図書館は周囲を三メートルの壁で囲っている。正門を過ぎると正面に噴水のある広場がある。

その広場を見回して、リンを始めとする皆が叫んだ。

「うわぁぁ! 何これぇ! すごーい!」

普段は芝生とベンチくらいしかないところだが、今日は両隣に屋台や簡易的なテーブル席が並んでいた。

この屋台は商学の時に使用するもので、もともとは装飾の全くない木製の屋台だ。しかし、今回に限り花などを飾りつけて華やかに装飾している。

そして、その屋台には料理人さんたちが、笑顔で立っていた。

彼らは今回協力いただいていた、カフェ『森の花園』の方々だ。

屋台は図書館案内後のおもてなしなので、まだ調理はせず待機してもらっている。

「これが例の企画かい？」

「はい、そうです。皆さんをおもてなしするための特別屋台です」

サイードの質問に俺が頷くと、リンは飛び上がらんばかりに喜ぶ。

「特別屋台ってことは、特別なお菓子かな？」

「特別な菓子かぁ。変わった道具があるもんな」

マッテオの言葉に、他の皆もキョロキョロとあたりを見回す。

「テイラ君のことだから、食べたことないものかな」

「うわぁ、楽しみ！」

よしよし、皆興味津々みたいだ。

「屋台では何が食べられるの？　もう並んでいいの？」

今にも屋台に駆け込みそうなリンに、俺はコホンと咳払いをした。

「この屋台は図書館案内が終わったあとです」

「えっ!!」

リンの笑顔が、一瞬にして絶望へと変わる。

「入館制限をしているので、図書館内にはここで働く司書と司書助手、これから入る我々しかいません。だから、今回は会話をしても構いません。ただ、走ったり大声で騒いだりしないよう頼みます。貴重な本がありますから、本も大事に扱ってください」

マクベアー先輩の説明を聞き、サイードがリンを睨む。

「リン、絶対に図書館で暴れるなよ?」

サイードに釘を刺され、リンは頬を膨らませた。

「他国の学校で暴れたりしないよ!」

「対抗戦の時、探索場所のドルガド遺跡を破壊してるだろうが」

じとりと半眼で見つめられ、リンはもごもごと言う。

「それは、パン泥棒がいたから……」

遺跡のパン泥棒とは、俺の召喚獣になる前のランドウのことである。

姿を消して、ドルガドやティリアの食料を盗んでたんだよね。だからといって、追いかけながら遺跡を壊したらいけないと思うのだけど……。

「図書館案内中に良い子にしていたら、屋台で特別なご褒美があるみたいですから、頑張りましょうね。リン」

マリータ学校長はニッコリと笑って、俺たちをチラッと見る。

……屋台をご褒美にして、リンに大人しく見学させる作戦だって気づかれてる。

「ご褒美なら、良い子にします！」

リンは素直に頷くと、元気に返事をして大きく手を挙げた。

俺たちはホッとして、手のひらで図書館建物を指し示した。

「それでは図書館見学に行きましょう」

図書館に入るとすぐ、案内係の女性司書さんが出迎えてくれた。

「司書のライリー・モンドです。よろしくお願いします」

お辞儀をしたライリーさんに、皆は挨拶と共にお辞儀を返す。

図書館の歴史や建物の様式などについて話しながら受付を通り、扉を開けて中に入った。

メインフロアへと向かう廊下は、両壁が本棚になっている。

「うわぁ、すごい本」

「廊下から全部本で埋まってるなんて」

ポカンと口を開けたまま廊下を見回す皆に、俺は止まるよう合図した。

「ここは司書さんのおすすめ本や、新しく入荷した本などが置かれている場所です。今回は皆さんがいらっしゃるということで、ご興味がありそうな本を置いていただきました」

「武術や戦法指南書、被服やデザイン関係の本、趣味に関する本もあります」

カイルはそう言って、ドルガドとティリアの生徒に目録が書かれた束を渡す。

「こ、こんなにっ⁉」

渡された目録をめくりながら、サイードが動揺する。

驚くのも無理はない。この世界では、まだまだ本は貴重だ。専門書ともなるともっと珍しい。

目録に書かれた数は、おおよそ三千冊は超えていた。

「鎖鎌（くさりがま）指南書がある！　珍しい武器だから、専門書がないんだよな」

「デザインの描き方や、色の合わせ方も！　この本、ティリアにもないよ」

「うわぁ、世界食べ歩き紀行だぁ！」

目録を覗き込みながら、生徒たちがどよめく。そんな彼らに、ライリーさんは微笑む。

「目録の中でチェックがついていないものは、滞在中貸し出し可能です」

当初二泊三日の滞在予定だったが、四泊五日に大幅変更されている。見学前日から宿泊することになったのと、見学科目数が多いため、余裕を見て二日間延ばしたのだ。

「特に明日は夕方の仮装パーティーまで自由時間になっているでしょうから、これを機にぜひ本を読んでみてください。ちなみにチェックのついている本は貸し出し不可ですが、図書館内でしたら読めます」

目録を覗き込んだディーンの目が、大きく見開く。

「チェックされた本……？　なっ！　英雄ディクレヘムの秘伝書!?」

「そのタイトルに間違いはありませんか!?」

ブルーノ学校長は慌てて、目録を覗き込む。周りにいたドルガド生たちも、ざわつき始めた。

「そんなに有名な本なの？」

俺がこっそりカイルたちに聞くと、カイルやシリル、マクベアー先輩までもが大きく頷く。

「知りませんか？　あらゆる武器を使いこなしたと言われている英雄ディクレヘム」

「ドルガドでは人気のある英雄なんだよ」

「秘伝書を読めば、強くなれるとも言われていてな。世界に数冊しかない、幻の秘伝書だ」

つまり『君も明日から英雄ディクレヘムみたいに強くなれる！　～武器を上手く使うコツ～』的な本か。武術関連本にはそこまで興味がないからよくわからないが、皆の反応からすごい書物であることはわかった。

「本当に……、本当にこの本が存在するのですか？」

ブルーノ学校長の問いにライリーさんはニッコリと笑って、奥の棚から鎖のついた本を取り出した。腰に下げた鍵で鎖の錠を外して、その本を持って来る。

そこには『英雄ディクレヘムの秘伝書』と書かれていた。

「先日修復が終わったばかりなんですよ」

ブルーノ学校長は震える手でそれを受け取ると、表紙を撫でてから慎重に本を開いた。

「あぁ、伝え聞いていた通りの内容です。探したこともありましたが、結局見つけることができず諦めていたんです。まさかこうして読める日が来るとは……」

宝物を扱うようにページをめくり、そっと閉じて感嘆の息を吐く。

「この本はどこで入手されたんですか？」

「もともとはステア地方の納屋裏から見つかったものです。状態がかなりひどかったので、修復に何年もかかりました。貴重な本なので貸し出しはできませんが、ここでなら閲覧できます」

「明日、読みに来てもよろしいですか？」

ブルーノ学校長はそう言って、名残惜しそうに本を返す。

「もちろんです。ドルガドとティリアに帰ったら、ステア王立図書館にはそこでしか読めない貴重な本がたくさんあることをお伝えくださいね」

微笑むライリーさんに、ブルーノ学校長が頷く。

「はい、必ず。その本を読みたいと思うドルガド人は、たくさんいるでしょうから」

マクベアー先輩は皆に向かって呼びかける。

「貸し出し可能な本で、今日から借りたい本があったら、帰りに本の名前と自分の名前を名簿に書いてください……って、聞いてないな」

困ったように頭を掻くマクベアー先輩の視線の先には、目録を見ながら真剣に悩む生徒たちの姿があった。マクベアー先輩が苦笑して、俺やカイルに囁く。

「フィルとカイルの進言通り、図書館にして良かったな」

ステアと違って本を読む習慣がないから、図書館は興味がないんじゃないかって、マクベアー先輩心配してたもんね。

「興味のある本は、誰しも気になりますからね」

「やっぱり図書館を選んで良かったです」

司書のライリーさんも、皆が本に興味を持ってくれて嬉しそうだ。

それから俺たちは皆が本を選び終えるのを待って、図書館のメインフロアを紹介し、地下の修復室へと移動した。

地下に行くと、至るところに光鶏や光トカゲ、光イタチがいた。

そのどれもが、体を光らせる能力を持つものだ。

俺の召喚獣にも光鶏のコハクがいるんだけど、ランプより明るいので、夜はとてもありがたい。

「お仕事ごくろうさま」

俺が声をかけると、通路の壁のくぼんだところにいたヒヨコの光鶏たちは、こちらに向かって
「ピッ」と羽根を挙げて敬礼した。

ここの光鶏たちって、かなり仕事熱心なんだよね。

うちのコハクとだいぶ違うなぁ。

いや、コハクも頑張って明るくしてくれるよ。でも、コハクはたまに光らせている途中で、寝ちゃったりすることがあるんだよねぇ。まぁ、それが可愛かったりするんだけど。

図書館の地下にいるこれらの光る動物は、図書館で飼われている動物や、司書さんや修復師さんなどの召喚獣だ。

図書館内は火気厳禁。当然ランプなどが使えない。

地上階は光散石（こうさんせき）という特別な石で、室外の光を室内へ取り込んでいるのだが、さすがに地下まで光は届かない。だから、こうやって動物たちの能力を使い、光を確保しているのだ。

端っことか動物のいないあたりは暗いけど、それ以外は蛍光灯並みに明るいよな。

なんてことを考えながら、修復室に入る。部屋の中は古い本の独特な匂いがした。

パーティションで一人一人区切られた場所で、修復師さんたちが黙々と作業している。

ステア王立図書館のお抱え修復師は二十数名。

その人数であの数の本の修復を行っていると思うと、頭が下がる思いだ。

「古い書物や古文書、先ほど見てきた書物全ての修復は、ここにいる修復師の方々が請け負ってくださっています。奥にいらっしゃるのが、ここで一番長く修復師として働いているロジーニャ・ラックさんです」

俺はそう紹介しつつ、一番奥のブースへと皆を連れて行く。

ロジーニャさんは十二歳から修復師に弟子入りし、一本立ちをしたのが十五歳の時。そこからステア王立図書館に勤めて四十年の大ベテランだ。

髪の毛は無造作に一本に束ねられ、細かい作業をするからか視力が低いらしく、瓶底眼鏡をかけていて目を細めて話す癖がある。

「おや、今日が見学の日だったかい？」

作業を止めたロジーニャさんは、目を細めて俺たちを見回す。

「作業をしていると日付感覚が狂うね」

そう言って、ため息を吐きながら持っていたピンセットを置いた。

「ロジーニャさんは特に修復が難しい古文書を担当しているそうです」

シリルが言うと、ブルーノ学校長が少し身を乗り出した。

「それでは、あの英雄ディクレヘムの秘伝書を直したのは、貴方ですか？」

「あぁ、読んだのかい？　そうだよ。あれは状態が悪かったから手間取ったね。煤(すす)や泥汚れ、カビもあったしね。破けた箇所も直さないといけなかった。でも、良い仕上がりだったろう？」

自慢げにニヤリと笑うロジーニャさんに、ブルーノ学校長が頷く。

「ええ、とても。汚れがあったとは思えない美しさでした」

「時間をかけて直したからね。修復時間が長かった本は、手間取った分だけ愛着が湧くよ」

ロジーニャさんはそう言って、机の上にある作業途中の本を、優しい眼差しで見つめる。

その時、バキンッ！　と音が響いた。

……ん？　何の音だ？

皆で音のしたほうを見ると、鍵を握りしめたリンがいた。

リンの前の棚には、大きな錠前がついた重厚な装丁の本が置いてある。

「その本は……開かずの本ですよね」

ライリーさんが口元に手を当て、小さく息を呑む。

「あ、開かずの本？」

俺が尋ねると、ロジーニャさんが椅子から立ち上がる。

「本を閉じていた錠前に鍵が刺さったまま金属が溶けていて、それ以降、開けられたことのない本さ。私がここに来るより前からこの図書館にある」

そう言いながら、リンの持つ鍵を受け取り、その鍵と錠前の穴を至近距離で観察した。

ということは、少なくとも四十年は経っているってことか。

「当然貴重な本……ですよね？」

顔を窺いつつ尋ねるカイルに、ライリーさんがコクコクと頷く。

「タイトルもなく鍵で封印されているので内容まではわかりませんが、その装丁から年代が百年以上前のものであること、お金をかけて作られた特別なものであることがわかります。また、鍵がついていることから、特定の人だけ読むことが許された、重要な内容なのではと言われています。この開かずの本は、ステア王立図書館の大きな謎なのです……」

途中から声のトーンを落としたライリーさんに、俺たちはゴクリと喉を鳴らす。

まるで怪談を聞いている時のような雰囲気だ。

ロジーニャさんは本の錠を撫でて、深く息を吐く。

「私もいろいろな道具を使って何度か開けようと試したんだが、特殊な金属なのかビクともしなくてね。薬剤で溶かすことも考えたが、本に影響が出る可能性もあるから、それ以来手が出せなかったんだよ。まさか、手で取っちまう子がいるとはねぇ」

そう言って、呆気に取られた様子でチラッとリンを見る。

驚くよねぇ。俺だってリンはパワーがありあまっている子だと知っていたけど、道具を使っても取れなかったものを取ってしまうとは……。

皆からの視線を受け、サイードはおそるおそるリンに尋ねる。

「リ……リン。大事なことだから、よく思い出して慎重に答えろよ。こ、壊したか？　本の鍵を壊した感触があったか？」

「た……た……多分壊してない！　錠前に鍵が刺さったままだったから、取り忘れたのかと思って取ったら、パキッて取れただけだもん」

「そんなに可愛い音じゃなかったけどな」

ディーンは呟き、サイードは膝から崩れ落ちる。

「勝手に取るなよぉぉぉ」

イルフォードはそんなサイードの肩を、ポンと叩いて慰めた。

……確かに。気になっても、とりあえず取る前に、先に聞くものである。

特にこのような古い書物の多い、修復室での書物については。

マリータ学校長やイルフォードが、深々と頭を下げる。

「本当に申し訳ありません。貴重な本を傷つけてしまい……。取り返しがつかないことを……」

サイードは何の罪もないだろうに、お守り役の性かリンと一緒になって頭を下げる。

「申し訳ありません。リンも悪気があったわけではなく……いや、悪気がなかったとしてもよくないんですが……」

「勝手に取ってごめんなさい」

すると、ロジーニャさんはひらひらと手を振った。

「次は気をつけて欲しいがね。まぁ、本自体には影響はないし、むしろ今回に関しちゃ感謝したいくらいだよ」

「……え？　それはどういう……」

マリータ学校長たちが、目を瞬かせる。

「塞いでいた鍵がなくなって、錠がいじりやすくなってる」

「じゃあ、本が開くんですか？」

俺が聞くと、ロジーニャさんはニヤリと笑う。

「まぁ、多少時間が必要だろうけどね。何とかなりそうだ」

「ということは、ステア王立図書館の大きな謎が、ついに解明されるわけですね。どんな内容なんでしょうか」

ライリーさんは目を煌めかせ、本を見つめる。

そんな二人の様子に、リンとサイードとマリータ学校長が安堵の息を吐いた。

「あぁぁ、良かったぁ」

「本当だよ。まったく」

「リン、本当に貴方は……」

すると、ライリーさんはリンに顔を寄せ、ニッコリと微笑む。

「リンさん。今回のことは、事前に注意しなかった私たちの落ち度です。本当にごめんなさい。……でも、こういった場所に来た時は、勝手に触ってはいけませんよ」

口調は優しいのに、声のトーンが怖い。

さらに言えばニッコリしているのに、目の奥が笑っていなかった。

以前、レイが図書館で騒いで怒られ、それ以降ライリーさんのことを恐れていたけど……。

……うん。確かにこれは怖いや。

「わかりましたね？　お返事は？」

「「はいぃ！」」

なぜかリンと一緒にサイードも返事している。

その後、残りの図書館案内では、リンは借りてきた猫のように大人しかった。

屋台でご褒美を用意するより、最初からライリーさんに頼んだほうが効果的だったのかな……。


そんなちょっぴりハラハラな図書館案内が終わり、俺たちは広場へと戻って来た。

先ほど待機していた料理人たちも、今は忙しく動いている。

「皆様、お疲れ様でした。学校案内はこれまでとなります。屋台で美味しいものを食べてください」

俺が言うと、皆は嬉しそうな顔で「わぁ！」と声を上げた。

そんな中、リン一人だけ俯いて元気がない。

もしかして鍵を取っちゃったから、ご褒美がないって思っているのかな。

「リンさんにもご褒美はありますよ」

俺が声をかけると、リンはバッと顔を上げた。

「本当に!?」

「はい。鍵の件以外は、静かに見学してくれましたから」

むしろあの程度で済んで良かったよね、本当。

リンは微笑む俺の手をぎゅっと握り、ブンブンと振る。

「ありがとうぅぅ！」

イタタ、痛い。手が痛い。さすが開かずの本の封印を解いた手だ。

ようやく手を放してくれて、俺はホッと安堵する。

「どこの屋台に行こうかな！　食べたことがないものがいいな！」

浮かれるリンの姿に、サイードが呆れる。

「まったく、切り替えが早いな。ごめんね、フィル君」

覗き込むサイードに、俺は苦笑して首を振る。

「いいえ、元気になったなら良かったです。多分、皆さんまだ食べたことがないものばかりだと思いますよ。一度どういった料理か説明しますね」

にっこり微笑むと、皆が待ってましたと耳を傾ける。

「一つ目はカレーボールとチーズボールの屋台です」

「カレーボール？」

小首を傾げるリンたちに、出来立てのチーズボールとカレーボールが一個ずつ入った器を配る。

「まず味見にどうぞ。熱いので気をつけてくださいね」

早速食べたリンが、熱かったのか「あっふっふ」と口を動かす。

「んー美味しぃ！　外がカリっとしてて、食べると中からカレーの味がする！」

「チーズうんめぇぇ！」

続いて摘まんだマッテオが、あまりにも美味しかったのか大きな声で叫ぶ。

「簡単に説明すると、すりつぶした芋を丸めて油で揚げたものです。芋の中にカレーやチーズが入っています。野菜はステア産、カレーのスパイスはドルガド産で、チーズはティリア産を使っています」

「つまり、対抗戦で作った、三国友好カレーをアレンジしたわけだね？」

ブルーノ学校長やマリータ学校長が「ほう」と感心する。

対抗戦の交流会の時も、三国の材料を使ってカレーを作った。

今回もそれを意識して、屋台料理で三国友好の絆を表している。

「美味しいだろう。対抗戦からステアに帰って来た後、優勝祝賀会をやったんだが、その時にフィルが考えた料理だ。ステアの生徒たちも、何度ももらいに並んでたぞ」

笑いながら話すマクベアー先輩に、皆は「そうだろうな」と首を縦に動かす。

「ティリア産って言っふぇたけど、どほのチーズ？　ほんなにおいひいの食べたことないよ」

リンはいつおかわりしたのか、明らかに試食を越えた量を、口いっぱいに頬張りながら尋ねる。

「……ティルンチーズです」

俺がもごもごと言うと、皆は驚嘆する。

「「ティルンチーズ!?」」

ティルン羊はティリア王家管轄の農場にしかいない特別な羊だ。

そこで作られた王室印のティルンチーズは希少で、味もお値段も最高級である。

屋台をするって言ったら、ティリア皇太子であるアンリ義兄さんが、送ってきてくれたんだよね。

「屋台で振る舞えるほどの量を、いったいどうやって……」

信じられないといった目で見るマリータ学校長に、俺はぎこちなく笑った。

「交流会の件を知り『三国の友好にお役立てください』と送ってくださった方がいて……」

「うわぁ、ありがたい。誰だろ。ティリアの人かな。……あ、もう二個試食ください」

「その人のおかげで、こんなに美味しいチーズが食べられるのか。……俺も三個、試食追加で」

リンとマッテオは感心しつつ、手を挙げて料理人さんにおかわりしている。

それ、すでに試食じゃない。作っていた分がなくなっちゃいそうだ。

カイルもそれを察したのか、隣の屋台を指し示す。

「次はポップコーンの屋台に案内します」

「皆さんどうぞ。特別なバングの実を炒ったものらしいですよ」

シリルが味見としてポップコーンの塩味を差し出すと、皆は目をぱちくりとさせた。

「また見たこともないものが出てきたな」

「バングって……あれか？　粉にして、煮たり焼いたりして食べるやつだろ？」

「食べたことはあるけど、あんまり美味かった記憶がないんだけどな」

ディーンたちは訝しげに白いポップコーンを見つめる。

気にはなるけど、なかなか手が出ないみたいだ。

「フィル君に試作品を食べさせてもらったけど、すごく美味しかったよ。兄さん」

笑顔でポップコーンを差し出す弟には敵わなかったのだろう。

皆が固唾を呑んで見つめる中、ディーンはポップコーンを摘まんでゆっくりと口に入れた。

咀嚼をするたびに、彼の眉間のしわが少なくなっていく。

「…………うまい」

その一言を聞いて、半信半疑ながら皆はポップコーンに手を伸ばした。

「本当だ。これ、すげー美味いぞ！」

「食べたことない、面白い食感だな」

「うんうん。もきゅもきゅしてて、カリッとしたところもある」

盛り上がる彼らに、カイルが声をかける。

「塩味の他に、ドルガドのスパイスが効いた辛い味、ステアのマームはちみつを使ったハニーバター味、ティリアのチーズ味があります。もらう時は、好きな味を選んでください」

「ほぉ、こちらもそれぞれの国の味があるんですね」

ブルーノ学校長の言葉に、俺は苦笑する。

「皆好みが分かれて、味を決めきれなかったのもあるんですけどね。どうせなら三国見学会の記念になるように、各国の味を全部作ってみました」

そうして出した三つの味のポップコーンは、あっという間に空になった。

「俺はやっぱりこのピリ辛スパイス味かな」

「チーズの香ばしさも良いよ」

やはり自国の味を好むのか、ドルガド生はスパイス、ティリア生はチーズがお好みのようだ。

そんな彼らに共通して好評だったのは、ハニーバター味だった。

「マームはちみつ、初めて食べたぁ」

「ほんのり塩味とマームはちみつの甘さ。美味しすぎて止まらなくなる！」

マームはちみつは、ハニーベアという小型の熊が、マーム蜜蜂(みつばち)のはちみつをブレンドし熟成させた特別なはちみつだ。甘みの中に、深い味わいがあるステアの最高級はちみつである。

こちらのはちみつは、知り合いのハニーベアからもらったものだ。タダでもらうのは申し訳ないので、遊びに行く時には、ハニーバターポップコーンなどのお菓子をお土産にしている。

「あ！　イル先輩がもう注文してる！」

リンの声にそちらを見れば、イルフォードが自分用のハニーバターポップコーンを確保し、容器を抱え込んでモグモグしていた。

相当気に入ったんだな。無表情で無心に食べている……。

これだけ喜んでくれるなら、次の屋台も喜ぶぞ。

「じゃあ、最後の屋台に……ん？」

「フィル様、どうしました？　……あれは」

俺の見ている方向に目をやったカイルが、眉間にしわを寄せる。

屋台の陰に、誰か隠れている。料理人の格好じゃないし、他にも何人かいる気配。

俺たちは走って行って、バッと屋台の陰を覗いた。

「って、シエナ先生とルーバル先生!?　皆も、何でいるの？　デュラント先輩まで……」

屋台の陰に隠れていたのは、鉱石学の教師であるシエナ・マイルズ先生とルーバル先生、レイとトーマ、ライラとアリス、そしてデュラント先輩だった。

見つかったアリスは、ばつの悪そうな顔をする。

「あ、その、一応止めたんだけど……」

「そうそう！　デュラント先輩と私と、アリスとトーマは止めたわ！」

ライラとトーマはコクコクと頷き、デュラント先輩は苦笑する。

「先生方が、研究の成果は見届けなければいけないっておっしゃってね」

それを聞き先生方を見ると、ルーバル先生が笑顔でペチンと額を叩く。

「すまない、フィル君。いやはや、気になってしまってなぁ」

一方シエナ先生は、腕組みをしてデュラント先輩を睨んだ。

「裏切るのか、ライオネル。お前たちも気になっているだろうと思って、声をかけてやったのに」

「生徒総長が一緒なら、見つかっても何とかなるって言っていたの、聞きましたよ？」

冷ややかな目をしたデュラント先輩に、シエナ先生は小さく舌打ちをする。

「俺はシエナ先生の味方です。どこまでもついて行きますよ！」

「レイが女の人の味方じゃない時ある？」

高々と手を挙げたレイを、ライラは半眼で見つめた。

……なるほど。何となく事情が呑み込めた。

実はこの屋台で今から行う調理は、鉱石とエナの液体を使用する。

エナの液体とは、ルーバル先生とシエナ先生の共同研究で生まれた特別な液体だ。

まだ世に出回っていない品を、おもてなしのためとはいえずいぶんあっさり貸してくれたと思ったが、用途に興味津々だったわけだな。

「わかりました。どうぞ見学していってください」

苦笑交じりにそう言うと、シエナ先生は当然とばかりに頷く。

「ライオネル？　……先生方も……あれ？　何で皆が……？」

俺たちに遅れてやって来たマクベアー先輩は、目の前のメンバーを見て不思議そうな顔をしている。その後ろから来たディーンたちも、何事かと覗き込んできた。

「先ほど見学会で会ったから、自己紹介はいらないな。鉱石学研究者として確認に来た！」

シエナ先生は腕組みしたまま仁王立ちし、レイもその隣で同じポーズを取る。

「俺たちはそのお供です！」

レイは屋台の食べ物目当てだろ。

俺とカイルは額に手を当てて、脱力しつつ息を吐く。

「そういうことになりました。とりあえず調理をしますね」

屋台には成り行きを見守っていたボルカさんがいた。

彼女は同級生のオルガのお姉さんで、カフェ『森の花園』の料理人さんである。

「ボルカさん。まずは鉱石を発動させないといけないので、僕が作りますね」

「はい！　了解しました！　しっかりと学ばせていただきます」

ボルカさんは目をカッと見開いて、俺に頭を下げる。

ボルカさんはカフェのメニュー考案を手伝って以来、俺のことを崇拝している。

それは光栄なのだが、俺に対して過剰に尊敬の念を表すんだよね。招待客たちが戸惑っているから、やめて欲しい。

俺は気を取り直すと、屋台に入ってエプロンをつけ、エナの液体が入った小瓶を二つ取り出した。

「その小瓶の中身は何かしら？　緑と赤と黄色に染まった、美しい粒子が見えますわ」

マリータ学校長の質問に、ルーバル先生が説明する。

「この液体は私とシエナ先生が共同研究している、エナの液体です。自然の中で結晶化したエナを砕き、エナ草の種から抽出した液体と一緒に入れております」

それを聞いて、ドルガドとティリアの見学者たちがざわめく。

「エナって結晶化するのか？」

「エナ草の種から抽出した液体って、すごいものなんじゃ……」

驚くのも無理はない。エナ草はルーバル先生が発見した植物だから、ステアではよく実験に使われるが、他の学校では滅多に目にしない珍しいものだもんな。

「どのように使うものなのですか？」

手を挙げてサイードが質問すると、シエナ先生は片頬を上げて笑う。

「エナの結晶自体には、属性はない。しかし、このエナの液体は、触れるとその人のエナの属性に変化する。そして、これはこの子が触れ、風と火と土のエナを付与させておいたものだ」

シエナ先生がライラの肩をポンと叩くと、皆の視線が集まる。

「あの子、トリスタン家の……属性が三つもあるなんてすごいな」

感心の目を向けられ、ライラは少し得意そうな顔をした。

俺も自分の属性を付与した、エナの液体を作りたいんだけどなぁ。

俺はエナの属性を多く持っているので、様々な属性が付与される。でも、エネルギーが多めなのか容器の内圧が高まって、瓶が耐えられなくなって爆発しちゃうんだよねぇ。

加工のボイド先生に、特別な容器を作ってもらうまで、自分用のエナの液体はお預けなのである。

「効果はどういったものですか？」

「同じ属性の鉱石と一緒に使用すると、威力はそのままですが持続時間が一刻ほど長くなります」

俺の説明を聞いて、皆はどよめいた。

鉱石のネックは威力の弱さと、発動時間が一分にも満たない短さにある。

それゆえ、鉱石は召喚獣より使えないと言われてきた。

しかし、持続時間が長ければ、威力が弱くとも使える用途は格段に上がる。エナの液体はその鉱石の価値を高めるアイテムなのである。

「それは、いずれ俺たちでも手に入るものなのですか？」

「まだ実験段階で、出回るのは先になる。エナ草の数も大量に必要になるしな。だが、いずれは一人二つ、三つは持てる時代が来るだろう」

シエナ先生の言葉に、皆は「おぉぉ」と感嘆の声を上げる。

「……で、フィルはその貴重なエナの液体を、調理に使うわけか？」

ディーンの言葉で、エナの液体を持つエプロン姿の俺に、皆の視線が集まる。

「だ、だって、貴重でも使わないと意味がないでしょう？　……作るのをやめましょうか？」

俺が皆の顔を窺いつつ聞くと、リンが慌てて頭を下げる。

「あぁぁぁ！　ごめんなさい！　作ってください、お願いします！」

他の人も頭を下げ始めたので、俺は小さく噴き出す。

「冗談です。ボイド先生にせっかく装置を作ってもらったので、それを無駄にはできませんよ」

「装置っていうのは、テイラ君の前にあるその物体のことかな？」

ブルーノ学校長の質問に、俺はコックリと頷いた。

中央に丸い筒の装置があり、間を広くあけて、三十センチほどの高さの薄い鉄板が周りを囲っている。筒は上の部分が少しだけすぼまっており、側面に細かい無数の穴があいていた。ちなみに、この筒は固定されておらず、わずかな力で回転する仕組みになっている。

「これは鉱石専用、綿あめ製造機です！」

火の鉱石で筒の中のザラメを溶かし、風の鉱石で筒を回転させて、側面の穴から糸状のあめを出す。それを巻きつけたら、綿あめの完成である。

ザラメを溶かすのはアルコールランプでもいいんだけど、図書館前の広場では火気に注意したいし、せっかくだから鉱石でやってみることにした。

「……わたあめ？」

聞いたことのない単語に、皆の頭の上にいくつものハテナが浮かぶ。

俺は綿あめ製造機の前の台に乗って、ザラメを筒の中に入れた。

「まずザラメ糖を入れてから……。火の鉱石とエナの液体で……」

鉱石のブレスレットをつけた手でエナの液体の瓶を掲げると、その手をカイルに掴まれた。

「例の方法は使いませんよね？」

他の皆に聞こえぬよう、声を落として耳元で囁いてくる。

例の方法とは、鉱石発動の際の漢字の使用である。

鉱石の威力を上げるには、イメージがしっかりしていることと表記文字数が少ないことが大事だ。

ただ、こちらの世界は、ひらがなと同じ一音一文字形式。また、漢字のように、文字自体に意味が備わっているわけではない。

それゆえ、発動内容が複雑になるほど文字数が増え、威力が弱くなる傾向にあった。

しかし、漢字を使えば、その欠点が解消される。

発動時に漢字を意識して唱えるだけで文字数が短縮されるのに加え、漢字自体が持つ意味のおかげで頭に思い浮かべるイメージがより強固になるらしく、威力がアップするのだ。

同じ文字数でも、小さな焚き火が、キャンプファイヤー並みになるんだよね。

ただ、威力が強すぎるので、広く教えられない。漢字を理解し、正しく使える人じゃないと。

今のところ漢字の情報を知っているのは、カイルとアリス、国にいる父さんと数人だけだ。

カイルは俺が漢字を使いやしないかと心配しているみたいだけど、いくら何でもこんなところで使ったりしないって。

「大丈夫。安心して」

使うのはひらがなオンリー。ただ、それゆえに威力は弱くなるので、三文字調整だ。

まずは火の鉱石とエナの液体を使って、筒の底を加熱するイメージを思い浮かべる。ザラメを焦がさない、溶けるくらいの発動だ。

「かねつ」

ザラメ自体を「とかす」でもいいかと思ったが、足りなくなったザラメを再投入することを考えたら、筒自体を熱したほうがいい。

十秒ほど待ってから、風の鉱石とエナの液体を使って、筒が回転するイメージを思い浮かべる。

「まわる」

鉱石を発動させると、筒は徐々に加速しながら音を立てて回り始め、周りに糸状のあめが現れる。

ザラメの溶け具合と、穴の小ささ、回転数が上手くいかないと、あめは細かい糸状にはならない。

木の棒にあめを巻きつけ、ふわふわの綿あめを作った俺は「よし」と頷く。

とりあえず上手にできた。

その様子を覗き込んでいた皆が、丸く出来上がった綿あめに「おぉぉぉぉ」とどよめいた。

「それがわたあめ？　出来上がり？」

「そうです。ふわふわのあめですよ。どうぞ」

俺がにっこり笑って、まずはリンに差し出す。リンはおそるおそる指でつついて、驚愕する。

「綿！　いや、違う！　ティルン羊の毛の触感!?」

さすがティリア生……綿あめをティルン羊の毛に喩えるとは思わなかった。

でも確かに、ティルン羊は他の羊よりもふわふわの毛だもんな。

「はぷっ。……んんっ!?　とけた！　食べたはずなのに！　でも、甘い！　え、何これ！　精霊の食べ物？」

綿あめにかぶりついたリンは、あまりの衝撃に動揺していた。

「細かくしたあめです。細かいので口の中で溶けちゃうんですよ」

俺は次々新しい綿あめを作りながら、説明する。

出来上がるまで我慢できなくて、皆で分け合って食べている人たちもいる。

そして、食べた人々から漏れなく驚きの声が上がった。

「驚いたな。何だこれは……」

「本当に口の中で溶けてなくなる！」

あ……ちゃっかり、シエナ先生やレイたちも分け合って食べているや。

「美味しいよ、フィル君。こんな食べ物、初めてだ」

「鉱石やエナの液体をこのように活用するとは思わなかったな」

デュラント先輩やルーバル先生が、綿あめを味わいながら感心している。

「加熱も回転も、エナの液体の力でしばらくはこのままなのですか？」

マリータ学校長の問いに、俺は作業をボルカさんと交代して頷く。

「そうですね、ザラメを再投入しながら綿あめが作れます。止めたい時は、結晶と液体を分けると発動が解除できます」

以前、俺のエナの液体が爆発した時のことがヒントとなり、今回試して気づいた点である。

「恐るべし、ステア」

「最先端の研究をすでに活用しているなんて」

「しかも、どれも美味い」

「というか、ステアもそうだけど、一番すごいのって……」

「ああ……。対抗戦の時も驚いたけど、おフロに剣術に屋台……驚きの連続すぎる」

「ステアであったことを話しても、信じてもらえないかもしれない」

「同じ時代に生まれて、幸か不幸か……」

「いや、美味しいわたあめや、ポップコーン、チーズボールが食べられたのは幸せだろ」

ティリアとドルガドの生徒たちが、綿あめやポップコーンを摘まみながらボソボソと話している。

皆で集まって、何を話してるんだ？

「説明で何かわからないところがありましたか？」

俺が声をかけると、ティリアとドルガドの皆はビクッと体を震わせた。

「あ、その、わたあめ作り、すごい楽しそうだなって！」

「そうそう、やってみたいなって！」

コクコクと頷き合う彼らを見て、俺は首を傾げた。

なぜそんな挙動不審に……。まぁ、いいか。

「綿あめ作りをやってみたいなら、簡単ですからどうぞ」

「えぇ!!　わたあめ自分で作っていいの!?」

承諾されると思わなかったのか、皆は目を大きく見開く。

「え！　俺もやりたい！」

すかさず手を挙げたレイに、ライラは眉を顰める。

「何でレイが手を挙げるのよ。これは招待客の方々へのおもてなしなのよ」

「フィル、頼むよ。皆が終わってからでいいからさぁ」

すがりつくレイに、俺は小さく噴き出す。

「いいよ。せっかくだもんね。ご興味があるなら、シエナ先生たちやデュラント先輩もどうぞ」

「そうか。フィルがそう言うならやろう」

コクリと頷くシエナ先生に、デュラント先輩が息を吐く。

「素直じゃないんだから……。ありがとうフィル君、面白そうだなと思っていたんだ」

シエナ先生は真顔で、綿あめができる様子を凝視してたもんなぁ。

そんな俺たちのやり取りが聞こえたのか、散らばって綿あめを食べていた他の人も集まり出した。

なんと、ディーンやイルフォードたちも「やってみたい」と手を挙げる。

ほとんどの人が手を挙げたのでどうしたものかと思っていると、ボルカさんが皆に呼びかけた。

「まず今並んでいる五人の方がやりましょう。その方たちが終わったら、その後ろにいる五人。その後は、また募集をかけますね」

さすが忙しい厨房で働く料理人さんだ。素晴らしい対応力で、テキパキと人を振り分けていく。

「それまで他の方は、ポップコーンやチーズボールの屋台で食べていてください。あちらも出来立てを運んで来ていますからね。冷めたら美味しくないですよ」

「じゃあ俺、今度は別の味のポップコーンにしよ」

「私はカレーボール！　いや、マームはちみつのハニーバターポップコーンも食べようかな」

「リン、夕食が入らなくなっても知らないぞ」

バラバラとほどけていく人波に、俺はようやく一息吐いた。

「皆、楽しんでくれてるみたいだな」

マクベアー先輩にくしゃっと頭を撫でられ、俺は「はい」と頷く。

「案内、無事に終わって良かったですね。フィル様」

「フィル君たちと一緒に、案内役ができて嬉しかった」

「うん。大変だったけど、楽しかったね」

カイルとシリルの言葉に頷き、俺は微笑んだ。

9

ステアに来て四日目の夕方。ステア滞在最後のイベントは、仮装パーティーだ。

俺、サイード・ウルバンを含めたティリアのメンバーは、パーティー会場へと向かっていた。

「サイちゃんの衣装って地味よねぇ」

リンは横を歩きながら、しみじみと呟く。

招待客たちはサイズや好みがあるので、自分の衣装は自分で用意することになっている。

ティリアの学生は皆裁縫ができるので、自分たちで衣装を作っていた。

俺の衣装は吟遊詩人だ。色味は暗めの緑だから地味に思われるかもしれないが、所々に金糸で刺繍をほどこしているし、マントの生地にも高級感あるものを使用している。帽子には羽根飾りをつけ、楽器まで用意してこだわったのに。まったく失礼だな。

俺以外の他のメンバーだって、似たようなものだろうに。

「俺にしてみたら、リンのほうが派手すぎなんだよ」

リンのドレスは、大小様々なリボンが余すところなくつけられていた。色合いは合わせてあるから統一感があるが、柄物だから目に痛いし、歩くたびにワシャワシャと音を立てている。

どう考えても、リボンのお化けだろ……。

「全然派手じゃないよ！　もっとリボンつけたかったくらい。マリータ学校長、可愛いですよね？」

「ええ、独創性があってとても素敵ですよ」

そりゃあ、マリータ学校長は生徒の個性を尊重する方だから、否定するはずはない。

それにマリータ学校長の衣装だって、リンに負けないくらい派手であった。

燃えるような深紅のドレスで、胸のあたりに布で大きな赤い花を作っている。顔につけている仮面も、花の模様の描かれているものだった。まるで大輪の花の化身のようだ。

やっぱり俺がティリアの中で好きなのは、イルフォード先輩の衣装だな。

イルフォード先輩は青を基調とした衣装を着ていた。

おそらくここグラント大陸の衣装ではなく、砂漠があるルワインドの衣装だろう。

ここの土地にはない異国風の模様を、金糸で描いている。

さすがティリア皇太子と一、二を争う裁縫の腕の持ち主。ティリアの若き宝だ。

ルワインド大陸の国の王様だって、ここまで手の込んだ刺繍がほどこされている服を着ていないんじゃないだろうか。

加えて、イルフォード先輩は容姿が整っているからなぁ。どんな服だって似合ってしまう。

リンの言うように、俺だってたまには華やかな服を着てみたいと思うこともあるが、俺の素材では服に負けてしまうのだ。派手な服や癖のある服も着こなしてしまうイルフォード先輩が羨ましい。

神様にほんの少し理不尽さを感じつつ歩いていると、パーティー会場までやって来た。

会場に入ると、もうすでに仮装パーティーは始まっているようだった。

ステアの生徒は様々な衣装を着ていた。姫や王子に貴族もいれば、商人や農民、船乗りなどもいる。中には、動物や食べ物の着ぐるみを着ている者もいた。

そして、その衣装のどれもがしっかりした縫製だった。そういえば、ティリアにあるベイル洋裁店の子息が、衣装を手がけているんだったな。

「仮装は何でもいいとは聞いていましたが、これほど自由だとは！　楽しいパーティーですね！」

そう言って、マリータ学校長は無邪気に笑う。服がお好きだから、とても楽しそうだ。

「ステアの学校長へ挨拶に行ってきますね。皆も楽しんでください。あ、リンは大人しくね」

「はぁ～い、わかってまぁす」

忠告されて、リンは低い声で返事をする。

それから会場を見回したリンは、急に笑顔になった。

「イル先輩、サイちゃん。まず、ご飯を食べに行こうよ！」

そう言って、リンは食べ物の載ったテーブルを指さす。

「リンは本当に食べるのが好きだな。まずは雰囲気を楽しむとかできないのか？」

「だって、あそこにあるの、カレーボールかチーズボールだと思うの。なくなっちゃう」

チーズボール……昨日食べて好物になった食べ物だ。

確かに、リンの心配通り、早く食べないとあっという間になくなるかも。

「イルフォード先輩はどうしますか？」

尋ねると、イルフォード先輩があたりをキョロキョロと見回す。

「誰かお探しですか？」

俺もつられてあたりを見回すと、ドルガド生たちの姿を見つけた。

探しているのはドルガド生……じゃあないよな。多分。

それにしても、ドルガド生は個人個人というより、団体だからこそ目立っている。

全員が騎士や剣士、剣闘士などの格好をしているからだ。

パーティー会場の警備を頼まれた傭兵（ようへい）みたいだ。

迫力はあるが色合いも茶系だし、あれだとリンの評価は『地味』になるんだろうな。

「ドルガドは皆同じ格好しているけど、団体で合わせているのかな？」

俺がリンに聞くと、ドルガド生たちに目を向けたリンは俺を睨んだ。

「はぁ⁉　全然、同じじゃないよ。ディーンさんは英雄ディクレヘム、マッテオさんは剣闘王のエイダーン、ルディさんは剣姫ピッパだもん。あとミカは剣士ヴァルボでしょ。それにぃ……」

一人一人誰の仮装をしているのか説明してくれたが、全然わからない。

「あそこまで英雄たちに似せてくるなんて、激アツだなぁ。派手だよねぇ」

……派手の基準が何なのかわからなくなってきた。

俺が眉を寄せた時だ。隣にいたイルフォード先輩が何かに気がついた。

「あ………」

それと当時に、会場の空気が変わった気がした。

生徒たちのざわめきと、息を呑む声を感じたのだ。

その出所を探して、俺は視線を止めた。

神々しい人がいる。会場の灯りに浮かび上がるような、白く光り輝く人。

古代の人が着ていたような衣装を身に纏(まと)い、その人はいた。

「…………フィル君？」

あれはフィル君……だよな？

顔も姿もそうなのに、何だか信じられない。人ではないように見えるのだ。

「……すごい」

もうその一言に尽きる。

白地の衣装には金糸と銀糸で刺繍がほどこされているのだが、模様が浮き立って見える。

薄く柔らかい生地を損ねることなく、あれほどの刺繍ができるなんて。いったいどんな天才職人……。

そう思って、ふとイルフォード先輩を見上げる。

「あの刺繍を縫(ぬ)ったのって、もしかしてイルフォード先輩ですか？」

ティリアの皆が見上げると、イルフォード先輩はコクリと頷いた。

どうりで並大抵の仕事じゃないと思ったぁぁ!!

こんなところで叫ぶわけにもいかず、拳をぎゅっと握って堪える。

自分の技術が、どれだけすごいのかわかっているのか。

あんなに惜しげもなく！　ティリアの刺繍美術館に飾らせてもいいレベルじゃないか。

「ステアの学校まで道案内してもらったお礼……」

道案内のお礼が、国宝級の美術品……。

俺は愕然としたが、リンは純粋に感動している。

「ものすごく綺麗ですね！　模様が浮き上がって見えます！」

「金糸で古代の模様を描いて、銀糸で隠し刺繍をしている。布が動いた時に浮き上がって見えるように……」

「綺麗だなぁ。フィル君はカレーの天使様だもんね。拝みたくなってくる」

お祈りのポーズをし出したリンを、笑えなかった。

俺の目から見ても、とても神々しく見えていたからだ。

◇　◇　◇

何でこんなことになったぁぁ。

俺は会場の隅で頭を抱えていた。

衣装部屋で着替える時も、用意された衣装の刺繍の見事さにビビったけど。

会場の灯りに照らされた途端、さらに輝き出したのには驚愕した。

「隣にいて、俺、震えました」

その時のことを思い出したのか、カイルはブルッと体を震わせる。

今回カイルが仮装に選んだのは、狩人だった。

相変わらずの黒ベースだけど、それがシックでカッコイイ。

先ほどすれ違った女の子たちが「隣にいるカイル君も、キリッとしていて素敵」って言っていたけど、そうか……あれは顔が強ばっていただけだったのか。

「一番震えていたのは僕だよ。地味な古代人衣装の予定だったのに……」

俺は俯いて、深く長いため息を吐く。

何せ着ていた衣装が、突然パァッと輝き出したのだ。動揺しないほうがおかしい。

伝説の衣を手に入れちゃったのかと思った。

「でも、とっても綺麗だったわ。光が刺繍に反射して眩しいくらい」

「本当よね。浮き上がる古代の模様が神秘的で、とても素敵だったわ」

アリスとライラはそう言って、俺の衣装を見つめ感嘆の息を吐く。

アリスの衣装は、コルトフィア王国の幾何学模様の民族衣装だ。

コルトフィアでヴィノ村の祭りに参加した時のもので、村を発つ際にいただいたものらしい。

ライラの衣装は、カッコイイ女性商人の格好だった。このまま女性商人になれるんじゃないかと思うくらい、堂に入った姿である。

「フィル君、かっこいい登場だったよね。僕、見ていて感動しちゃった」

シリルはそう言って、目尻に浮かぶ涙を拭う。

最近特に、俺への崇拝が増している気がするなぁ。ちょっと心配。

そんなシリルは、兜にツノ、革の鎧とマントを身に着けていた。

男らしい戦士のイメージだそうだが、可愛らしい子供ヴァイキングに見える。

「今回フィルより目立とうと、派手な衣装にしたのに。俺より目立つんだもんなぁ」

口を尖らせ、つまらなそうに言ったのはレイだ。

去年は正統派王子様スタイルだったのだが、今回はよりいっそう派手な格好だった。

金色に輝く、キラキラジャケットを着ているのだ。

本人曰く今回も王子様がテーマらしいが、どう見てもちびっ子演歌歌手だよね。

そんな格好のレイに、自分より目立つ的なことを言われるとは……。

「う〜ん。レイだって充分に目立ってると思うけどなぁ」

唸るトーマを、レイはじとりと睨む。

「そっくりそのままトーマに返すぜ」

「え、僕？」

確かに、トーマは今回も目立っているよねぇ。

前回はティルン羊の着ぐるみで話題になったが、今回はトリングという馬の着ぐるみを着ていた。

トリングは毛色の綺麗な、小型の馬だ。馬の首のあたりからトーマは顔を出し、手は前足、足は後ろ足にある。つまり、馬が嘶いて前足をあげている状態になっていた。

レイの言葉にキョトンとしているところを見ると、トーマは目立っている自覚がないのかな。

「今回の馬の格好もすごいよね。ベイル先輩に作ってもらったの？」

トリングの毛はプードルのような巻き毛だ。小型でふわふわだから、ぬいぐるみの馬とも言われている。トーマの衣装は、本物のトリングの毛並みとそっくりだ。

「うん。僕も手伝ったよ。この鬣がこだわりポイントなんだ。トリングの鬣は毛が細くて繊細でね。少し巻き毛なんだよ」

馬の首の背を指して、トーマは得意そうに笑う。

「そうなの？　あまり巻いて見えないけど」

シリルが指摘すると、トーマは慌てる。

「えぇ！　それだとトリングじゃなくなっちゃうよ。ちょっと直すから鬣を取って！」

「驚いた。鬣はボタンで取り外しができるようになっているのね」

アリスが鬣を外してあげると、トーマは隠しポケットからブラシを取り出して器用に毛を巻く。

「すぐ直せるようにと思ってね。やっぱりトリングはクルクルじゃないとねぇ」

馬が鬣を持って直している。…………シュールな光景だ。

そんなところへ、マクベアー先輩とデュラント先輩がやって来た。

後ろには三年のサラ・ムーア先輩と、キーファ・ピアーズ先輩。去年卒業したクロエ・ダブリン先輩がいる。彼らは対抗戦のステアメンバーだった先輩たちだ。

「マクベアー先輩、今年も迫力ありますね」

去年のグラディエーター姿もすごかったが、今年もワイルドな格好だ。

ハードな革の服の上から、毛皮のマントを羽織っている。

「去年ライオネルが海賊だったからな。俺は山賊にしてみた。どうだ?」

マントを払ってニヤリとするマクベアー先輩に、俺たちはくすくすと笑う。

「強そうでカッコイイです」

マクベアー先輩の性格なら、山賊というより、山を守る守護神になりそうだけどね。

「デュラント先輩は今回、何の衣装ですか?」

いつもの銀縁眼鏡ではなくモノクルで、服はインテリジェンスなスーツ、頭にシルクハットをかぶっている。

普段の知的さに加え、どこかミステリアスな雰囲気も感じさせる格好だ。

小首を傾げて尋ねると、デュラント先輩はにっこりと微笑む。

「謎解き伯爵物語のオーブリー伯爵だよ」

オーブリー伯爵は実在の人物ではなく、推理小説の主人公だ。領内で起こった事件を、伯爵自ら出向いて解決するという物語で、子供から大人まで人気の小説である。

言われてみたら、伯爵が領内にお忍びで出かける時の格好だ。

「似合います！　かっこいいです」

「小説のイメージのままです！」

小説のファンでもあるライラとアリスも、コクコクと頷く。

隣にいるサラ先輩はチューリップを逆さにしたような可愛いドレス、クロエ先輩はマーメイドラインが美しいドレスか。どちらも二人の雰囲気に合っていて、素敵だ。

すると、何を思ったのかレイがサラ先輩たちに近づき、手の甲に恭しくキスを落とした。

「サラ先輩は春の女神のように美しく、クロエ先輩は月の女神のように麗しい。ここがダンスパーティー会場だったなら、踊りに誘っていたのに」

レイのキザな台詞に、ライラが苦虫を噛みつぶしたかのような顔をする。

「ありがとう。でも、私は踊りが不得意だから、舞踏会じゃなくて良かったわ」

サラ先輩は穏やかに微笑み、クロエ先輩は苦笑する。

「私も踊りが苦手なの。君の足を踏むだろうから、申し訳ないけど遠慮するわ」

女生徒の憧れであるサラ先輩やクロエ先輩は、踊りも完璧だと聞いている。

つまり、暗に『あなたとのダンスはお断り』とレイに伝えているわけだ。

「では、今度一緒にダンスの練習をしましょう！」

情報通のレイも断られているとわかっているだろうに、あえて察せないふりをする。

女の子に関しちゃ打たれ強いというか、めげないというか……。

すると、ピアーズ先輩がレイの肩をつついた。

「踊りたいなら、僕が一緒に踊ってあげるよ」

「…………猿のピアーズ先輩と？」

ピアーズ先輩は猿の着ぐるみを着ていた。しかも、その着ぐるみはベースは茶色だが、頭がオレンジ、頬毛が赤、胸毛が黄色、尾が白というカラフルな体毛をしていた。

ピアーズ先輩はレイに向かって、にっこり笑う。

「このホホリノは、踊るのが大好きな猿なんだ。動物研究会でも踊り方を調べたから完璧だよ！」

ピアーズ先輩は動物研究会に所属し、トーマと同じくらい動物が好きな人である。

しかしその誘いに対し、レイは真顔で首を横に振った。

「遠慮します。第一、先輩は彼女がいるんだから、一緒に踊ったらいいじゃないですか」

レイが拗ねた顔で言うと、ピアーズ先輩はため息を吐いた。

「……すでに断られたんだよ」

大きなお猿さんが、全身から哀愁を漂わせている。

彼女さんの気持ちもわかる。だが、こんなに落ち込むなんて、どんな断られ方をしたんだろう。

「えっと、本物みたいな着ぐるみですね。ベイル先輩、着ぐるみ職人にもなれそうですよね」

場の雰囲気を変えるためか、アリスが明るく話題を変える。その試みは成功したようで、ピアーズ先輩は顔を上げて笑顔で話題に乗ってきた。

「うんうん。ベイル先輩はすごいよね！　ホホリノの体毛の色そっくりなんだ。あ、すごいといえば、着ぐるみとは違うけど、ゲッテンバー先生の衣装も本物みたいだったなぁ」

「ゲッテンバー先生？　どんな衣装だったんですか？」

トーマが尋ねると、クロエ先輩とサラ先輩が困った顔をする。

「そっか。まだ君たちは見ていないのね……」

「えっと、なんて言ったらいいかしら。……鳥？」

サラ先輩は答えを求めるかのように、マクベアー先輩たちをチラッと見上げる。

「う～ん。まぁ、分類で言えば、鳥……か」

「そう……だね。鳥の羽根も使っているし」

マクベアー先輩もデュラント先輩も、珍しく歯切れが悪い。

鳥の分類？　猿や馬がいるんだから、鳥がいても普通かと思うのだが。皆、何でそんな顔を……。

「あれは実際に見たほうがいいよ。まだ近くにいるはずだから……。あ！　いた、ゲッテンバー先生～！」

手を振るピアーズ先輩に呼ばれ、やって来たゲッテンバー先生に俺たちは固まった。

「皆ぁ、パーティー楽しんでる？　当然よね。皆、素敵な衣装ばかりだもの！」

キャッキャと楽しそうなゲッテンバー先生は、一人カーニバルな衣装だった。

フリルの半袖Tシャツに七色のエプロン、頭には極彩色(ごくさいしき)の鳥の羽根飾り、肩からは同じ極彩色の羽根がついたショールをかけている。

「何で今まで気がつかなかったんだろう」

俺が小さく呟くと、カイルも同じく小さな声で言う。

「俺……視界には入っていたんですが、会場の飾りかと思っていました」

レイやライラ、シリルとアリスもそれに同意して頷く。

「あら？　皆どうしちゃったの？」

呆然と見上げる俺たちに、ゲッテンバー先生は小首を傾げる。

「ゲッテンバー先生の衣装の素晴らしさに、圧倒されているんだと思いますよ！」

「これ、極彩鳥の羽根ですよね。これだけたくさん使っているなんて、豪華ですね」

ピアーズ先輩が言って、トーマが手に持った鬘を振り回しながら興奮する。

せっかく鬘をクルクルにしたのに、ほどけてウェーブになっていた。

「うふふ、素敵でしょ。自分らしくありながら、美の探求をしたらこうなったのよ。スコット君にはあとでお礼を言わなくちゃ」

ゲッテンバー先生はボディービルダーのようなポーズで、俺たちに服を見せる。

服も派手だが、筋肉の主張もすごかった。

すると、ポカンと口を開けた俺たちの後ろから、感嘆の声がした。

「うわぁ……すげぇ」

振り返るとそこには、マッテオとディーン、ルディ、ミカがいた。

「あ、兄さん！　うわぁ、英雄ディクレヘム⁉　似てるね！　マッテオさんは剣闘王のエイダーン、ルディさんは剣姫ピッパ、ミカ先輩は剣士ヴァルボですか。そっくりです！」

シリルは笑顔でディーンたちのところへ行くと、皆の仮装姿に感心する。

正直俺には普通の剣士や剣闘士の衣装とどう違うのかわからないのだが、シリルが一目見て誰の仮装かわかるくらいには、特徴をとらえているのだろう。

すると、ディーンたちが来た別方向から、イルフォードとリンとサイードもやって来た。

イルフォードの衣装はルワインド大陸風のエキゾチックな服で、サイードが吟遊詩人、リンはリボンがたくさんついたドレスを着ている。

どれも素晴らしいけれど、特にイルフォードの衣装は群を抜いているな。細やかな刺繍が細部にまで行き届いている。これを作るのにどれだけの労力を要したのだろうか。

彼らの衣装に、ライラとアリスは「わぁ！」と声を上げた。

「リンさん、ドレス可愛いですね。イルフォードさんもサイードさんも素敵です」

「ティリアの皆さんは自分で衣装制作されたと聞きました。すごいですね」

褒められたリンは得意げに胸を反らし、サイードは照れた顔で頭を掻く。

「ありがとう。自分なりにこだわって作ったから、とても嬉しいよ。まぁ、イルフォード先輩やフィル君の衣装にはとても敵わないけれど……。それってイルフォード先輩が縫ったんだよね？」

窺うような目を向けられて、俺はドキッとする。

「あ……はい。僕の衣装がもともと簡素な作りだったので、刺繍をしてくださったんです」

「もう少し灯りのあるところで刺繍を見たいな。ちょっといいかい？」

サイードは俺の手を引いて、灯りの下に立たせる。

すると刺繍が立体的に浮き上がって見え、金糸が眩しいほどに輝き出した。

ここにいる皆だけじゃなく、近くにいた生徒たちの視線が俺に集まる。

うぅぅ、発光しているみたいで何だか恥ずかしい。

「灯りに照らされることを計算して縫われているから綺麗だねぇ」

リンはうっとりと息を吐き、食い入るように衣装を観察していたサイードは、情けない顔でイルフォードを見上げる。

「これほどの高い技術力を惜しげもなく……。イルフォード先輩、この衣装、ティリアに持って帰って、刺繍美術館に飾ったほうがいいんじゃないですか？」

美術館……そうだよな。確かにこんなにすごい刺繍は、美術館行きかもしれない。

しかし、イルフォードは少し眉を顰め、ゆるく首を振った。

「この子にあげたから……ダメ」

「……そうでしょうね。イルフォード先輩ならそう言うと思ってましたよ」

サイードはそう言うと、ガックリと肩を落とす。

イルフォードは衣装を着た俺を上から下まで眺め、ふんわりと微笑んだ。

「うん。似合う」

「あ、ありがとうございます」

すごい衣装だからこそ、衣装負けしちゃってないか心配していたんだよな。

着せられちゃってる感ほど、辛いものはない。

「さっきのフィル君の登場、本当に素敵だったわよねぇ」

ゲッテンバー先生の言葉に、レイがしみじみと呟く。

「出て来た時、どこかの教祖かと思ったもんなぁ」

そこにいた皆は、未だ灯りの下で光り輝く俺を見つめ、大きく頷いた。

やっぱりそんなふうに思われてたんだ？

そうだよなぁ。何人か俺に向かってお祈りポーズしてたもんな。

「宗教立ち上げてないのに……」

「神棚に祀(まつ)られているんだから、もう今さらだろ。ホタルをフィル教のマスコットにして、やってみたらどうだ？」

ポンと俺の肩を叩くレイの言葉に、ディーンは眉を寄せる。

「神棚って何だ？」

「あ、いや、それは……」

慌ててごまかそうとしたが、それより先にシリルが説明を始めた。

「カフェ『森の花園』の厨房に、フィル君の神棚があるんだよ。料理の神様って言われてるんだ」

俺は顔を覆った。顔を上げなくとも、視線が集中しているのがわかる。

「僕が頼んだんじゃないんです。気づいたらできていたんです」

ボルカさんと料理長のブランさんが、いつの間にか神棚を作っていたのだ。

「あ……あぁ、まぁ、フィルの料理は美味しいからな。料理人にもファンは多いんだろう」

俺の様子で何となく察したのか、ディーンが珍しく気遣う様子を見せる。

「僕、『森の花園』へ行くたびに、お祈りしているんだ。フィル君を尊敬している人は、皆そうしてるよ」

「シリルが……フィルの神棚にお祈りを？」

ディーンは無邪気に頷くシリルから、俺に視線を向ける。

睨まないでよ。さっきの気遣い、どこに行っちゃったの？

「シリルは友達なんだから、神棚に祈らなくてもいいんだよ」

ディーンの顔を窺いつつ俺が言うと、シリルはキョトンとした。

「フィル君に直接のほうがいい？」

……違う。そうじゃない。

シリルの答えに、レイは堪えきれず噴き出す。

くっ！　レイめ……面白がってぇ。

「フィル様が素晴らしい人であることは広めたい。だがしかし……」

カイルは額に手を当て、眉にしわを寄せて一人苦悩していた。

どうやらカイルなりの葛藤があるようだ。

「祈っちゃう気持ちわかるなぁ。だって、この仮装パーティーもフィル君の発案なんだよね。いつもと違う格好って、とっても楽しい。ティリアでもこの行事、やらないかなぁ」

リンが楽しそうにスカートを揺らしながら言うと、サイードが真面目な顔で考え込む。

「うちなら衣装作りも授業でやれるし、マリータ学校長も楽しそうだったから行事に組み込めるかもしれないぞ。どうせなら、中等部と高等部合同で進めたほうがいいかも」

リンはハッと息を呑んで、コクコクと頷く。

「そうだね！　私たち今年、中等部卒業だもんね！　マリータ学校長に相談しよう！」

「ティリアで仮装パーティーをやったら、とても華やかになりそうですね」

デュラント先輩が穏やかに微笑む。

ティリアの学生は服に興味がありそうだし、仮装パーティーの行事化もありえるかも。

もともと俺のちょっとした思いつきで始まった行事が、定着していくのって不思議だ。

すると、ルディが小さく息を吐いた。

「ドルガドは難しいかなぁ。皆、剣士とか選んじゃいそうだもん。武人の集会になっちゃう」

肩をすくめるルディに、ミカは「そうですよね」と小さく噴き出す。

「そういえば、去年は皆さん何の格好をしたんです？」

ふと気になったのか、ミカは興味深げに尋ねる。

「私は海賊で、マクベアーは剣闘士、キーファはヤーガっていう虎の格好だったよね」

デュラント先輩が言い、ライラがそれに続く。

「私は精霊をイメージした衣装で、アリスはお人形みたいな衣装。サラ先輩は研究者で、クロエ先輩は女剣士でしたよね。とてもかっこよかったことを覚えています！」

「サラ先輩とクロエ先輩の姿は凜々しくて素晴らしかった」

レイは顔をとろけさせてから、俺たちに視線を向ける。

「俺とカイルは王子の衣装で、トーマは本物そっくりのティルン羊だよなぁ。シリルは確か木こりで、フィルが王様と……」

「お、王様！　王様だけね！」

慌てて言う俺に、ゲッテンバー先生は「うんうん」と頷く。

「フィル君の愛らしい王様は、私も覚えているわ！　その姿はまさに少年王！」

羽根の付いたショールで、バサリと俺を指し示す。

「その呼び名はやめてください。王様の格好をしたってだけですよ」

俺が困り顔で言うと、ミカとイルフォードが残念そうに言った。

「少年王かぁ。目立っていたんだろうね」

「……見たかった」

一方で、マッテオは「ククク」と肩を揺らして笑う。

「カ、カッコイイな。少年王」

笑っているじゃないか。

俺が「むぅ」と口を尖らせたのを見て、サイードは優しく慰める。

「フィル君もイルフォード先輩と同じで、見栄えが良いからなぁ。俺は地味だから羨ましいよ。まぁ、そうやって人の目を惹くことも良い面ばかりじゃなく、苦労があるんだろうけど」

あたたかい言葉に俺が感動していると、隣でカイルが頷いた。

「本当に！　フィル様は目立つので、苦労しているんです！」

……悪かったよ。いつも苦労かけて。

「あ、でも去年は、フィル君以外にもう一人、目立っていた子がいたわよね。可愛らしいドレスを着た女の子で、正体を明かすことなく会場から消えた、幻のお姫様」

ゲッテンバー先生が出した話題に、マクベアー先輩やサラ先輩たちも思い出したらしい。

「あぁ、その子なら会場で会ったことがある」

「私たちも見たわ。綺麗な子だった」

「パーティーが終わってからも、その子を探している男子生徒たちがいたよね」

ピアーズ先輩が言って、シリルは笑って頷く。

「僕は遠くからしか見てないけど、可愛かったです」

それ、俺なんだよねぇ。

この場でそのことを知っているのは、デュラント先輩といつも遊ぶメンバーだけだ。

レイは笑みの浮かんだ口元を手で押さえて、カイルたちは視線を彷徨(さまよ)わせる。

「幻？　行事に参加していたなら、関係者なはずだよな」

ディーンは訝しそうに言い、リンは首を傾げる。

「正体がわからないなんて不思議だねぇ」

すると、デュラント先輩がそっと俺に近づき、耳元で囁く。

「今回はあの可愛い格好に、着替えるつもりはないんだよね？」

「ないですよ。イルフォードさんが刺繍してくださったこの衣装がありますし、それに……変装にならないので」

前回ドレスを着たのは、ひそかにパーティーを楽しむための変装だった。

なのに、目立たないどころか、男の子には囲まれ、女の子からライバル宣言をされ、寮長の恋心を奪ってしまった。

今夜はお姫様の格好だけには、絶対になってはいけないのだ。

「名前を聞いても教えてくれなかったから、『名乗らずの姫』なんて呼ばれていたけど……。いったいどこの子なのかしらねぇ」

ゲッテンバー先生がそう言った時、少し離れたところから寮長がズンズンと歩いて来るのが見えた。

後ろから執事姿のベイル先輩が、慌てて追いかけて来ている。

今夜の寮長は仮装というより正装だ。髪をビシッと七三に分け、タキシードを着ている。

お坊ちゃまとその執事さんみたい。

「今、名乗らずの姫の話をしていませんでしたか？」

「確かに話してはいたが……。聞こえたのか？」

驚くマクベアー先輩に、寮長はコクリと頷く。

賑やかな会場の中で、名前に反応してこちらに来たのだとしたら、相当な地獄耳だ。

「ただ、詳しい話までは聞こえませんでした。いるんですか？　見つけたんですか？」

身を乗り出す寮長に、ゲッテンバー先生は落ち着いてというように肩に手を置く。

「ごめんなさい。誰だろうって話をしていただけなのよ」

それを聞いて、寮長は深々と息を吐きガックリと首を垂れる。

「そうですかぁ……」

「りょ、寮長。もう諦めたほうがいいと思うよ。向こうで美味しいチーズボールでも食べてこよう」

ベイル先輩は困り顔で、寮長の腕を引く。

何とか正体がバレないように協力してくれているらしい。

「おつらいでしょうがそのほうが……」

俺とカイルも、ベイル先輩の提案に加勢する。

しかし、寮長はベイル先輩の手を振りほどいて、真摯(しんし)な目で語り始めた。

「今夜が最後の機会かもしれないんです。名乗らずに去ってしまった彼女が、この会場のどこかにいるかもしれない。もしかしたら、俺の近くにいるかも！」

……目の前にいます。

「会えたら伝えたいんです。この恋心を彼女に！」

やめといたほうが絶対にいいですってぇ。

俺だとバレたら、絶対に寮長ショックだよ。トラウマになっちゃうよ。

だが、そんな俺の事情を知らないゲッテンバー先生は、パチパチと拍手をする。

「素敵！　情熱的だわ！　私、応援するわ！」

目尻にほんのり浮かぶ涙を指で拭い、寮長に向かってガッツポーズをする。

「その女の子はどんな特徴だ？」

「見かけたら教えてあげるよ」

話を聞いていたディーンやサイードたちも、寮長の情熱に心を動かされたらしい。

「皆で探したほうが、見つかるかもしれないしな！」

「私たちも一緒に探してあげる！」

マッテオやリンたちも協力を申し出た。

うわぁぁ！　まずい状況になってきたぁ！

こ、これは、こっそりここから抜け出すしかない。

カイルたちと目配せをし、俺はそろりと移動を始める。

「ありがとうございます！　そうですね……踵の高い靴を履いていましたが、それでも俺より背が低いんです。う～ん。ここでいうと、テイラくらいかな」

寮長の言葉に視線が集まって、俺はピタッと動きを止めた。

ショック。俺、一年で靴のヒール分しか成長してないのか。

「それから、目はくりくりと愛らしく、緑色なんですが光の加減で色が変わるんです」

「フィル君と同じね。緑色だけど光によって色合いが変わるもの」

ゲッテンバー先生が言い、ルディが顔を近づける。

「本当。くりくりで可愛い目をしてる」

皆の視線が俺に集中する間も、寮長は陶酔した様子で特徴を語り続ける。

「肌は透明感があって、白く美しく。守ってあげたい愛らしさなんですよ」

イルフォードは俺の肌をスルリと撫でて、ポツリと呟く。

「透明感がある白い肌……」

「つまり……フィルとそっくりな子か？」

首を傾げるディーンに、察しの良い人たちがまさかという顔をする。

しかし、それに対し寮長は、おかしそうにカラカラと笑った。

「似ていても違いますよ。あの子はこの毛のように、ふんわりとした金色の髪をしているんです。

テイラのような銀色じゃなくて、金色の――」

話しながらトリングの鬣を見た寮長は、ふとそれを掴んで引き寄せる。

「あぁ、僕のトリングの鬣ぃ……」

しょんぼりとするトーマの声が聞こえないのか、寮長は鬣を見つめたまま動かなくなった。

「そうだ。こんな……金色の髪だった」

何かブツブツ呟いている。これは、いよいよまずい気がする。

「ぼ、僕は銀色ですから違いますよ」

「ええ、そうですよね。全然似てませんよ」

俺とカイルはそう言いながら、退路を確認する。

急にダッシュしたら怪しまれるよな。何か理由をつけて出るしか……。

「フィル君、汗をかいているね。飲み物でも飲んで来たら？」

デュラント先輩の助け船に、アリスとライラが微笑む。

「そうね。お言葉に甘えましょう、フィル」

「ついでに何かお菓子でも食べてきたら？　フィル君」

それに大きく頷いたその時、俺の肩を寮長がポンと叩いた。

「……テイラ」

返事をする間もなく、寮長は掴んでいた鬘を、俺の頭にぽふっと載せた。

ブロンドの毛を載せられた俺の姿に、皆が息を呑む。

「「……うわぁ、可愛い」」

驚嘆したリンとルディの声がかぶった。

先ほどトーマが振り回し、緩いウェーブになった鬘は、奇しくも去年俺がかぶっていた女の子のカツラによく似ていた。

寮長は無表情で鬘を取って、再び俺の頭に載せて……と繰り返す。

最後に鬘が載せられた時、まん丸の目をした寮長の顔を見て俺は観念した。

「ごめんなさい。僕が……お探しの女の子です」

ディーンたちはやっぱりそうなのかという顔をしていたが、寮長は信じたくないようでプルプルと首を横に振る。だが、鬘をカツラのように載せた俺をじっと見て、事実なのだと膝をついた。

「う、嘘だぁぁぁぁ」

悲しそうな寮長の声が、あたりに響き渡った。

仮装パーティーが終わり、お風呂で汗を流した俺が自室に戻ってきたのは深夜に近い時間だった。

「皆、ただいまぁ」

ドアを開けると、さっそくテンガとホタルがやって来て、俺の足にすり寄る。

【フィル様ぁ、お帰りなさいっす！】

【良い子で待ってたです】

今年も召喚獣たちに仮装をさせていて、テンガはハニーベア、ホタルは子ヴィノの着ぐるみを着ていた。小熊姿のテンガはまだいいとして、ホタルは自身が丸いフォルムなので仔山羊に見えないんだよね。本人希望だし、満足そうだからいいけど。

俺はホタルとテンガの頭を撫でて、部屋の中に入る。

【フィル〜！】

【フィル様おかえりなさい！】

コハクとルリは茎(くき)のくっついたサクランボだ。

ちょこちょこと走って来る姿に、俺は思わず笑う。

「ただいま。そんなに急ぐと転んじゃうよ」

とても可愛いのだけど、行きたい方向が違う時、たまに茎が邪魔して転がりそうになっている。

今も走る速度の違いから倒れかけて、ヒスイに助けてもらっていた。

葡萄をイメージしたワンピースのヒスイは、コハクたちを手ですくい上げて微笑む。

【おかえりなさい、フィル】

「ただいま、ヒスイ。お留守番ありがとうね」

持って帰ってきた衣装をハンガーにかけ、俺は息を吐く。

【あら、かなりお疲れの様子ですわね。何かありましたの？】

ヒスイはサクランボたちを机の上に下ろして、小首を傾げる。

「……去年お姫様の格好をしていたのが、寮長にバレた」

【バレちゃダメなんですかい？】

興味津々で尋ねてきたのは、甲羅にトゲトゲをつけたザクロだ。見た目はかなりパンクな仕上がりになっているが、トゲはフェルトで作ってあるから痛くないんだよね。

【そうですわよね。別にどんな格好でも良いんじゃありませんの？　仮装パーティーですもの】

不思議そうな顔のヒスイに、俺はぐったりとしながら言った。

「寮長が僕に一目惚れしていなければ、問題なかったんだろうけどね」

【ほぅ、さすがフィル様、モテモテですねぇ】

ザクロがニヤリと笑い、ヒスイが口元に手を当てて驚く。

【あら、まぁ】

だけど、その顔はどこか楽しそうだ。今にもくすくすと笑い出しそうである。

「初恋が僕だなんて……。寮長のトラウマになりそうだから、バレたくなかったんだけどなぁ」

俺がそう言うと、はちみつ壺の着ぐるみを着たランドウが反応する。

【トラウミャ⁉　人間っふぇ虎とか馬になりゅのか？】

ハニーバターポップコーンをもしゃもしゃと食べながら尋ねる。

……口いっぱいにポップコーン詰めすぎじゃない？

見れば、お留守番中にと置いていたおやつは、ほとんどなくなっていた。

その大半は、ランドウとコクヨウのお腹の中に入ったんだろうな。

ポンポンに膨らんだ二匹のお腹が、その証拠である。

コクヨウは寝そべって、膨らんだお腹を叩きながら言う。

【獣人でもない人間が、動物に変化するなど聞いたことがないがな】

そんなコクヨウは、好物だからと唯一許してくれたプリンのかぶり物を頭にかぶっていた。

とても可愛いんだけど……仕草がおじさんじゃん。

「トラウマっていうのは、心の傷がいつまでも残ること。寮長落ち込んでいたから、もう恋したくないってなったらどうしようって思って。立ち直ってくれたらいいけど……」

マクベアー先輩やデュラント先輩、自称恋愛マスターで鋼（はがね）の心臓を持つレイが慰めていたけど、寮長の心の傷は深かったのか最後まで元気がなかった。

申し訳ないことをしちゃったなぁ。大丈夫だろうか。

俺はベッドに飛び込んで、大きくため息を吐く。それから、コシコシと目をこすった。

【フィルさま眠いですか？】

ベッドに上がってきたホタルが、俺の顔に顔をすり寄せる。

ふんわりと柔らかな毛が、頬に心地良かった。

「ん～、いろいろあって疲れたからねぇ」

ここ一ヶ月は学校で授業を受けつつ、見学会の準備をやっていた。

招待客が到着したらしたで、寮案内やディーンとの対戦、学校案内や屋台でのおもてなしがいろいろあって。そこにきての仮装パーティーである。精神的にも肉体的にも疲労困憊(こんぱい)だ。

俺は欠伸(あくび)をして、とろとろと重い目蓋(まぶた)を閉じる。

【フィル？　……あら？　もう眠っちゃったのかしら】

ヒスイの優しい声が、まどろみの向こうで聞こえる。

意識はまだあるけど、閉じた目蓋が上がらない。

【フィル様が帰って来たから、遊べると思ったのに。つまらないっす】

【でも、疲れているなら、眠らせてあげたい……かも】

残念そうなテンガに、ルリがおずおずと言う。

優しいなぁ、ルリは。感動していると、ザクロが声を上げた。

【仕方ねぇ。フィル様は眠っちまったけど、せっかくだ。オイラたちだけでパーティーやろうぜ！】

ザクロの提案に、ランドウやコハクが【うぉぉ！　賛成～！】【パーティー！】と叫ぶ。

え？　ちょっと待って、俺抜きで？

いや、俺の体はもう寝に入っているから、別に俺抜きでパーティーしてもいいんだけどさ。

【とすると菓子が足りぬな。テンガ、プリンを出せ】

コクヨウ……。今日のプリンはパーティー前にあげたのに。

【えっ！　えっと、えっとぉ……了解っす！】

テンガはその指示に躊躇いを見せたが、結局命令に従うことにしたらしい。

テンガがいる方向からごそごそと、お腹の袋を探る音がする。

あ、あぁ、テンガが空間移動能力でプリンを出している音がする。

………ま、いっかぁ。俺が忙しかった間、皆にも寂しい思いさせたし。

【フィル、おやすみなさい】

ヒスイが毛布をかけてくれる気配がする。

楽しそうな皆の声と、添い寝してくれるホタルの体温を感じながら、俺は意識を手放した。

隠れた神業で皆の役に立ちまくり!

コミックシーモア主催
みんなが選ぶ!!
電子コミック大賞2021
男性部門賞受賞!

1～5巻
好評発売中!

『万能職』という名の雑用係をしていた冒険者ロア。常々無能扱いされていた彼は、所属パーティーの昇格に併せて追い出され、大好きな従魔とも引き離される。しかし、新たに雇われた先で錬金術師の才能を発揮し、人生を再スタート!　そんなある日、仕事で魔獣の森へ向かったロアは、そこで思わぬトラブルと遭遇することに――

追い出された万能職に新しい人生が始まりました 1
原作 東堂大稀
漫画 宇崎鷹丸
勇者パーティから追放された見習いには錬金術師の才能が眠っていました。

◉各定価：本体1320円（10％税込）
◉Illustration：らむ屋

◉各定価：本体748円（10％税込）
◉漫画：宇崎鷹丸　B6 判

無能と蔑まれし魔術師、ホワイトパーティで最強を目指す
Muno to sagesumareshi majutsushi white party de saikyo wo mezasu
著 詩葉豊庸
Kotoha Toyonori
パワハラ幼馴染率いる
闇深パーティから
優良パーティに移籍して
人生大逆転!?
「お前とは今日限りで絶縁だ!」
幼馴染のリナが率いるパーティで、冒険者として活動していた青年、マルク。リナの横暴な言動に耐えかねた彼は、ある日、パーティを脱退した。そんなマルクは、自分を追うようにパーティを抜けた親友のカイザーとともに、とある有力パーティにスカウトされる。そしてなんと、そのパーティのリーダーであるエリーが、実はマルクのもう一人の幼馴染だったことが発覚する。新パーティに加入したマルクは、魔法の才能を開花させつつ、冒険者として新しい一歩を踏み出す——!

不遇スキルの
錬金術師、辺境を開拓する
Fugu-Skill no Renkinjyutsushi
Henkyowo Kaitaku suru
貴族の三男に転生したので、
追い出されないように
領地経営してみた
Tsuchineko
つちねこ
1・2
落ちこぼれ錬金術師ののほほん逆転ファンタジー、開幕！
辺境に追放された貴族の三男は、
じつは超有能だった!?
錬金術で、
ゆる〜っと
辺境開拓！
貴族の三男坊の僕、クロウは優秀なスキルを手にした兄様たちと違って、錬金術というこの世界で不遇とされるスキルを授かることになった。それで周囲をひどく落胆させ、辺境に飛ばされることになったんだけど……現代日本で生きていたという前世の記憶を取り戻した僕は気づいていた。錬金術がとんでもない可能性を秘めていることに！　そんな秘密を胸の内に隠しつつ、僕は錬金術を駆使して、土壁を造ったり、魔物を手懐けたり、無敵のゴーレムを錬成したりして、数々の奇跡を起こしていく！
◉各定価：1320円（10%税込）　◉Illustration：ぐりーんたぬき
不遇スキルの
錬金術師、辺境を開拓する
不遇スキルの
錬金術師、辺境を開拓する
2
つちねこ
辺境に最強竜が棲み着きました。

もふもふが溢れる異世界で
幸せ加護持ち生活！
[著] ありぽん
ARIPON
和やかもふもふファンタジー！
加護持ち1歳児は
最強魔獣たちと自由気ままに成長中！
神様の手違いが元で、不幸にも病気により息を引き取った日本の小学生・如月啓太。別の女神からお詫びとして加護をもらった彼は、異世界の侯爵家次男に転生。ジョーディという名で新しい人生を歩み始める。家族に愛され元気に育ったジョーディの一番の友達は、父の相棒でもあるブラックパンサーのローリー。言葉は通じないながらも、何かと気に掛けてくれるローリーと共に、楽しく穏やかな日々を送っていた。そんなある日、1歳になったジョーディを祝うために、家族全員で祖父母の家に遊びに行くことになる。しかし、その旅先には大事件と……さらなる“もふもふ”との出会いが待っていた!?
◉定価：1320円（10%税込） ISBN 978-4-434-28999-6 ◉illustration：conoco
もふもふが溢れる異世界で
幸せ加護持ち生活！
ありぽん
神様のお詫びで
異世界の侯爵家に転生！
加護持ち1歳児は
最強魔獣たちと自由気ままに成長中！
和やかもふもふファンタジー！

jitsuryoku-syugi ni hirowareta kannteishi
実力主義に拾われた鑑定士
～奴隷扱いだった母国を捨てて、敵国の英雄はじめました～
usuazimeron
薄味メロン
クセだらけの部下達を
万能鑑定スキルで育てまくろう!!
第13回 アルファポリス ファンタジー小説大賞
「読者賞」「優秀賞」W受賞作!
超貴族主義の国で奴隷のように働かされていた鑑定士の青年、アルト。毎日の重いソルマによって過労死寸前になっていた彼はある日、職場で出くわした敵国の軍人に才能を認められ、亡命してくるよう勧めてもらった。人生をやり直すチャンスと思い、亡命を決意するアルト。めでたく新天地でスローライフを送るかと思いきや……あれよあれよと言う間に、アルト自身も軍属となってしまう。しかも彼は成り行きで将軍候補生となり、落ちこぼれの少女達の上司となることに!? アルトは万能鑑定スキルを駆使して彼女達の眠れる素質を開花させ、一流の軍人へと育成していく――!
●定価:1320円(10%税込) ISBN 978-4-434-29000-8 ●illustration:桶乃かもく

Moto jashin tte honto desuka!?
元邪神って本当ですか!?
万能ギルド職員の業務日誌
shinan
紫南
元神様な少年の
自重知らずな辺境暮らし!
辺境の冒険者ギルドで職員として働く少年、コウヤ。彼の前世は病弱な日本人。そして前々世は——かつて人々に倒された邪神だった！ 邪神の過去があっても、コウヤ本人は天然で心優しい。今世ではまだ神に戻れていないものの、力は健在で、発想も常識破りで超合理的。冒険者からの支持も厚い。その結果、劣悪と名高い辺境ギルドを二年で立て直し、トップギルドに押し上げてしまった！ 唯一の悩みは上司が横暴なことだったのだが、なんと伝説の冒険者が、新たなギルドマスターになり、コウヤの改革はさらに躍進する……!? ペーパーナイフ1本で凶暴キメラを倒したり、知らぬ間に加護を与えちゃったり……自重知らずの少年は、今日も元気にお仕事中!
●ISBN 978-4-434-28889-0 ●定価：1320円（10%税込） ●Illustration：riritto

余りモノ異世界人の自由生活

勇者じゃないので勝手にやらせてもらいます

［著］藤森フクロウ
Fujimori Fukurou

幼女女神の押しつけギフトで快適！辺境ソロ生活！

第13回アルファポリスファンタジー小説大賞 特別賞受賞作!!

勇者召喚に巻き込まれて異世界転移した元サラリーマンの相良真一（シン）。彼が転移した先は異世界人の優れた能力を搾取するトンデモ国家だった。危険を感じたシンは早々に国外脱出を敢行し、他国の山村でスローライフをスタートする。そんなある日。彼は領主屋敷の離れに幽閉されている貴人と知り合う。これが頭がお花畑の困った王子様で、何故か懐かれてしまったシンはさあ大変。駄犬王子のお世話に奔走する羽目に!?

●ISBN 978-4-434-28668-1 ●定価：1320円（10％税込） ●Illustration：万冬しま

この作品に対する皆様のご意見・ご感想をお待ちしております。

おハガキ・お手紙は以下の宛先にお送りください。

【宛先】

〒150-6008 東京都渋谷区恵比寿4-20-3 恵比寿ｶﾞｰﾃﾞﾝﾌﾟﾚｲｽﾀﾜｰ 8F
(株) アルファポリス　書籍感想係

メールフォームでのご意見・ご感想は右のＱＲコードから、
あるいは以下のワードで検索をかけてください。

アルファポリス　書籍の感想

ご感想はこちらから

本書はWebサイト「アルファポリス」(https://www.alphapolis.co.jp/) に投稿されたものを、改稿、加筆のうえ、書籍化したものです。

転生王子はダラけたい 12

朝比奈 和（あさひな なごむ）

2021年7月31日初版発行

編集ー宮田可南子
編集長ー太田鉄平
発行者ー梶本雄介
発行所ー株式会社アルファポリス
〒150-6008 東京都渋谷区恵比寿4-20-3 恵比寿ｶﾞｰﾃﾞﾝﾌﾟﾚｲｽﾀﾜｰ8F
TEL 03-6277-1601（営業） 03-6277-1602（編集）
URL https://www.alphapolis.co.jp/
発売元ー株式会社星雲社（共同出版社・流通責任出版社）
〒112-0005 東京都文京区水道1-3-30
TEL 03-3868-3275
装丁・本文イラストー柚希きひろ
装丁デザインーAFTERGLOW
印刷ー中央精版印刷株式会社

価格はカバーに表示されてあります。

落丁乱丁の場合はアルファポリスまでご連絡ください。

送料は小社負担でお取り替えします。


ISBN978-4-434-29124-1 C0093